KB054302

바오밥나무와 달팽이

바오밥나무와 달팽이

제1판 제1쇄   2023년 6월 15일

지은이   민병일
펴낸이   이광호
주간   이근혜
편집   박지현
마케팅   이가은 최지애 허황 남미리 맹정현
제작   강병석
펴낸곳   ㈜문학과지성사
등록번호   제1993-000098호
주소   04034 서울 마포구 잔다리로7길 18 (서교동 377-20)
전화   02) 338-7224
팩스   02) 323-4180(편집)   02) 338-7221(영업)
대표메일   moonji@moonji.com
저작권문의   copyright@moonji.com
홈페이지   www.moonji.com

ISBN 978-89-320-4155-1 03810

바오밥나무와 달팽이

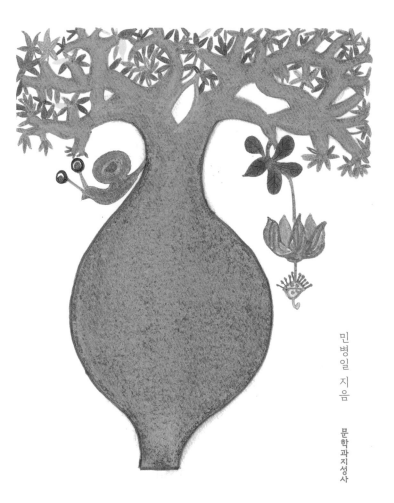

민병일 지음

문학과지성사

나는 별의 산책자,
어디에도 있고 어디에도 없는,
별의 플라뇌르

어느 별에서 우연히 떨어져

우리는 이곳에서 우연히 만났을까?

— 프리드리히 니체

그리고 이 세상이 너를 잊었다면

고요한 대지에게 말하라, 나는 흐른다고.

급류에게 말하라, 나는 존재한다고.

Und wenn dich das Irdische vergaß,

zu der stillen Erde sag: Ich rinne.

Zu dem raschen Wasser sprich: Ich bin.

— 라이너 마리아 릴케,

「오르페우스에게 바치는 소네트」

1

나는 다른 은하에서 온 몽상가입니다.

지금까지 밝혀진 우주에서 가장 먼 은하는 지구에서 134억 광년 떨어져 있는 'GN-z11' 은하라고 합니다. 그러나 우주에는 상상조차 할 수 없을 만큼의 은하 군단이 햇살 무늬처럼 눈부시게 빛나고 있습니다. 나는 다른 은하에 살 때 'GN-z11' 은하에도 또 134억 광년 떨어진 곳에도 가보았지만, 그 너머에도 우주는 침묵의 밤처럼 깊게 드리워져 있었습니다. 'GN-z11' 은하에는 신비하게도 몽상가의 별이 있습니다. 나는 그 별에 사는 몽상하는 나무였습니다. 몽상가의 별에 사는 모든 생명체는 몽상만 하며 살아가는데, 몽상의 힘으로 자기 극복만 가능하면 돌이든 꽃이든 새든 위버멘슈Übermensch가 될 수 있습니다. 그래서 이 별에 사는 몽상가들에게 시간이니 속도니 하는 것은 호기심 밖의 일입니다. 그들에게는 시간개념과 속도를 초월하는 상상의 빛이 있기에 언제든 우주 방랑을 하며 먼 곳까지 갈 수 있으니까요. 한 은하에서 살던 별을 떠난 생명체는 심우주를 지나 또 다른 은하로 진입하면 원하는 것으로 바뀌게 되는데, 나는 그때 지금의 사람-몽상가로 변신하였습니다. 몽상가란 헛된 생각에 잠겨 자기 혼자만의 세상을 사는 사람이 아니라, 꿈을 통해 많은 이들에게 영감을 주고 디오니소스적인 긍정을 찾게 하는 방랑자입니다. 은하계 별들은 서로 다른 속도와 각자 다른 방향으로 우주를 여행하며 빛을 냅니다. 사람들도 저마다의 속도와 방향에서 빛을 내며 누군가에게 신호를 보냅니다.

내 삶에 가장 큰 은혜를 베푼 것은 몽상과 여행과 꿈과 상상입니다.

나는 페르난두 페소아Fernando Pessoa처럼 반反여행론자가 아니지만, 『바오밥나무와 달팽이』는 리스본 항구 선술집이나 프로방스의 라벤더 숲 카페, 로텐부르크의 타우버강이 흐르는 들녘에서 물망초를 찾지 못하고, 상상 속 꿈의 여행길에서 썼습니다. 실은 티티카카 호수 위에 뜬 무지개를 보며 글을 상상하고 싶었고, 질스 마리아 산정을 산책하며 새로운 삶을 꿈꾸던 니체처럼 삶을 좀더 긍정하고 싶었고, 신기루라도 볼 것 같은 햇빛 작열하는 나미브사막도 침묵과 함께 걷고 싶었습니다. 라틴어로 '버려진 땅dēsértum'을 뜻한다는 사막에서 버려질 수 없는 영원한 질문을 찾고 싶었습니다. 길 없는 곳에서 길을 묻고, 버려진 대지에 뜨거운 눈물 한 방울 떨구며 영원히 시워지지 않을 금석문을 모래에 새기고 싶었습니다. 바다 안개 퍼지는 사막에서 물구나무선 채 등을 타고 흐르는 안개를 생명수 삼아 사는 물구나무딱정벌레를 만나면, "친구, 너의 꿈은 무엇인지? 꿈이, 너의 삶을 해방시켰는지?"라고 묻고 싶었습니다. 설령 물구나무딱정벌레가 "방랑자여! 꿈이건 삶의 해방이건 그런 것들은 이미 네 안에 있는 것이라네" 하고 말하더라도, 미망한 삶을 벗어나지 못하는 나는 백번이라도 또 묻고 싶었습니다. 상상 혹은 몽상으로 영혼

을 엮어 글의 조각을 깁는 나의 꿈 이야기는 눈썹처럼 생긴 초승
달 모양 파리했지만 그 달빛은 얼마나 달콤했던지! 내 안에는 몽
상으로 지은 꿈과 상상으로 펼친 여행 때문에 별을 찾아갈 수 있
었습니다.

2

결핍이 몽상을 불러오고 꿈을 길어 올렸습니다.

결핍된 마음에는 빈 공간이 많아서 새들이 깃을 치고 알을
낳을 수 있습니다. 나는 '여유 공간'이자 '유희 공간Spielraum'인
알의 세계에서 심심한 몽상을 할 수 있었습니다. 심심함에는 "속
에 가장 열정적이고 화려한 안감을 댄 따뜻한 잿빛 수건"이 있
어서 정신이 반응하는 몽상을 할 수 있습니다. 꿈을 꿀 때면 '따
듯한 잿빛 수건'은 우리 몸을 감싸는데 이 순간 나는 미의 전율을
느낍니다. 바야흐로 영혼이 눈을 뜨는 시간이지요. 몽상이나 상
상, 꿈은 허구나 환상일 수 있지만 그 속에는 우리가 알지 못하는
에너지가 꿈틀거립니다. 분출하지 못한 불의 꿈이라고 할까요,
현상되지 못한 미의 꿈이라고 할까요. 속도와 경쟁하는 부산한
삶을 살아갈 때 영혼은 눈꺼풀에 자물쇠를 채우고 심연으로 꼭
꼭 숨고 마는데 이럴 땐 메르헨Märchen(동화)이 묘약입니다. 메
르헨은 잃어버린 시간을 찾아가는 마법의 거울, 즉 여러 개의 거
울로 이루어진 만화경萬華鏡을 보듯 삶의 무늬를 끊임없이 변화

시켜줍니다. 이러한 반응이 일어나는 빈 공간이 바로 유희 공간으로서의 알의 세계입니다.

　꿈꾸는 알의 세계에는 우리가 잃어버린 "깊은 심심함"이 있어서 사물 그 자체뿐만 아니라 사물의 이면, 혹은 사물의 정신까지 엿볼 수 있게 해줍니다. '깊은 심심함'이란 정신이 백자 달항아리처럼 무심한 원 안에서 꿈을 꾸는 상태일 것이라고 생각합니다. 선이 휘어지며 살그머니 일그러진 것도 같고 아닌 것도 같은 백자 달항아리의 무심한 원 안에서, 무심한 마음을 빚고 있을 것 같은 그 마음 말입니다. 속도에 경직된 세계에서는 느껴볼 수 없는 '깊은 심심함'은 흰색의 무無로 채워진 무위無爲의 상태라고 할까요. "발터 베냐민은 '깊은 심심함'을 '경험의 알을 품고 있는 꿈의 새'"라고 말했습니다. '꿈의 새'가 날아오르는 시간은 정신이 일어나는 때입니다. 나는 이 책을 쓰며 꿈의 새를 찾기도 했고, 꿈의 새를 부정하기도 했고, 꿈의 새를 보기도 했고, 꿈의 새가 고정관념을 벗고 날아오를 자아라고도 생각했습니다. 나는 메르헨을 통한 미의 형이상학을 꿈꾸었지만, 메르헨에는 미도 형이상학도 없었고, 오롯이 씨앗 하나만이 흙 속에 묻혀 꿈을 꾸고 있었습니다.

　나는 세상에서 가장 아름다운 칼을 만들기로 했습니다.

　속도를 베어 시간에 숨을 트이게 하고 달팽이처럼 느림의 미학을 터득하기 위해 분주함을 찌를 수 있는 칼, 루비와 에메랄드, 다이아몬드 대신 사색과 동경과 미적 이상으로 빛나는 장식을 새길 수 있는 칼, 창조적인 빛을 위하여 어둠의 이면을 가를 수 있는 칼, 존재가 끔찍해지지 않기 위하여 내 안에 잠든 부조리에서 뜨거운 피 흘리게 하는 칼, 광기를 해체하여 미적 명상에 이르게 하는 칼, 나는 그 칼을 만들기 위하여 아주 오랜 시간을 깊은 심심함과 놀았습니다.

낯섦!

'깊은 심심함'은 낯선 것이 아니지만 낯설었고, 어디에도 있었지만 어디에도 없습니다. 지금, 여기에서 살아가기 위해서는 속도를 소유해야만 존재할 수 있습니다. 하지만 언제부터인지 속도를 버리기로 했습니다. 소 떼 무리에서 떨어져 나온 니체처럼 속도에서 떨어져 나와 외로운 방랑자가 되기로 했습니다. 사람들 그림자 대신 나무와 꽃과 새와 돌, 구름, 벌레, 고요한 시간, 노을, 고독, 바람 같은 것들이 몸에 달라붙어 조금씩 내가 낯설게 보였지만, 그 대신 '깊은 심심함'을 만날 수 있었습니다. 낯섦이란 세계를 새롭게 재현해 보여주었고 '깊은 심심함'은 심미적인 몽상을 가능케 해주었습니다. 나는 꿈의 새를 찾기 위하여 시간 수선공이 사는 별로 떠났습니다. 이 별에는 시간이 꿈꾸는 새, 꿈꾸는 새의 시간이 존재했습니다. 시간을 수선하여 조각보처럼 붙일 때마다 별이 탄생했습니다. 별은 아주 열정적이고 화려한 빛으로 싸여 있어서 별 알에는 빛 공간, 빈 공간이 많았습니다. 꿈의 새가 날갯짓을 하고 있었습니다.

3

"아름다움의 화살은 느린 것입니다Der langsame Pfeil der Schönheit"라는 니체의 말을 흠모합니다. 니체에 따르면 "아름다움은 차분함과 함께 가야 합니다. 가장 고상한 종류의 아름다움은 단번에 도취되지 않는 것"입니다. 이것이 제가 생각하는 메르헨입니다. 메르헨이야말로 광속의 시대에 우리 마음을 '깊은 심심함'으로 채우는 '꿈의 새'라고 생각했습니다. 아름다움의 화살은 느리게 날아가며 우리의 꿈을 신고 별에게 가서 빛납니다. 미적 형이상학을 담은 고상한 메르헨이야말로 단번에 도취되지 않는 차분한 아름다움이며, 천천히 스며들어 생을 사색하게 만드는 오래된 포도주 같다고 생각합니다. 그 포도주는 디오니소스의 광적인 숭배자들인 마이나데스Mainades처럼 광포하게 취하지 않고, 생을 심미적으로 사유하게 만들며, 사람에게 선하고자 하는 마음을 심어주고, 사람을 사랑할 수 있는 처연한 빛깔을 띤다고 믿고 있습니다. 토요일 오후면 슈베르티아데의 저녁을 열 듯 턴테이블에 슈베르트의 「방랑자 환상곡Wanderer Fantasy in C major D. 760」이나 테너 페터 슈라이어가 부르는 모차르트 가곡 「제비꽃Das Veilchen」 LP를 걸고, 묵상하듯 작은 성모상이 놓인 탁자에서 포도주를 음미하는 것은, 깊은 심심함이 의미하는 텅 빈 충만함을 내 안에 채우기 위함입니다. 취하기 위해서가 아니라, 아름다움Schönheit에 스며들기 위한 포도주 마시기는 생의 고독을 완화시키고, 정신 저 너머 이데아를 바라보게 하는 신묘한 미학입니다. 고상한 아름다움으로 불릴 수 있는 메르헨이란 텍스트는 삶의 은유이며 잘 숙성된 포도주 빛깔을 띠는 우리 생의 콘텍스트이기도 합니다. "당신의 어깨를 짓누르고 당신을 땅으로 구부러뜨리는 끔찍한 '시간'의 무게를 느끼지 않기 위해서, 당신은 끊임없이 취해 있어야 합니다"라고 노래했던 보들레르적인 「취하세요Enivrez-vous」의 미덕을 동경으로, 몽상과 상상, 꿈으로, 때로는 정수리를 망치로 내려치는 것 같은 미의 전율로 보여주는 게 메르헨이라고 생각합니다. 시가 온전히 담을 수 없는 철학과 소설이 지은 허무한 허구에 멜랑콜리마저도 인간적인 따뜻한 동화로 색칠하는 게 메르헨입니다. 시에서 보지 못한 사유 깊은 파격과 소설이 낯설게 드러내지 못한 미적인 상상이 있는 삶을 고양시키는 메르헨을 꿈꾸었습니다.

내 영혼에는 금 가고 깨지고 기운 흔적이 많아 아름다움을 잘 볼 수 없지만, 아름다움은 성찰을 통해 느낄 수 있는 빛 같은 것이라고 생각합니다. 단박에 보이는 아름다움은 존재하지 않습니다. 그것은 아름다운 '것'의 무늬, 아름다운 '것'의 파편 혹은 아름다운 '것'의 흔적은 되겠지만, 아름다움은 우리 곁을 스쳐 지나는 하나의 현상, 혹은 징후일지도 모릅니다. 우리들 마음에는 빛을 만드는 샘이 있는데, 깊은 성찰은 정신에 새순을 돋게 하고 별을 빛나게 하는 마력이 있습니다. 나는 그 마력에 의지해 메르헨을 상상했습니다. 그리스 철학자 플로티누스(205?~270)는 "영혼도 스스로 아름답지 않으면 아름다운 것을 볼 수 없다"고 말했지만, 내 영혼은 누추하기 짝이 없어 아름다움을 볼 수 없었습니다. 내가 본 것은 아름다움의 허무인지 모르고 아름다움의 섬광인지 모릅니다. 하지만 생을 지고한 낯섦으로 인도하는 메르헨은 드물게도 아름다움이 태어나는 기적 같은 순간을 보게 합니다.

4

나는 영혼을 거니는 산책자, 별의 플라뇌르입니다.

발터 베냐민이 도시를 어슬렁거리는 산책자를 두고 현대 도시의 관찰자이자 탐색자로서의 산책자-플라뇌르를 말했다면, 나는 메르헨을 통해 영혼을 거니는 별의 산책자-플라뇌르입니다. 돌아다니다, 어슬렁거리다의 뜻을 가진 프랑스어 동사 플라네flâner에서 나온 남성형 명사 '플라뇌르flâneur'는 '정해진 방향이나 목표 없이 천천히 거닌다'는 뜻의 '산책자'라고 합니다. 산책자는 자기만의 방에서 나와 바람이 내 이름을 부르는 곳을 향해 정처 없이 거니는 사람입니다. 하지만 그 가슴에는 열정 깊은 통찰력과 따뜻한 비판 의식이 있어서 화가 귀스타브 카유보트 Gustave Caillebotte 같은 산책자는 물신의 도시로 변신하는 「파리의 거리, 비오는 날Rue de Paris, temps de pluie」(1877) 풍경을 서정적으로 그렸고, 시인 샤를 보들레르 같은 산책자는 거대한 자본의 숭배자가 되어가는 도시에 저항하는 상징의 언어로 『악의 꽃Les Fleurs du Mal』과 『파리의 우울Le Spleen de Paris』을 노래했습니다.

나는 누구이며 무엇을 하는 사람일까요? 나는 영혼을 거니는 별의 산책자-플라뇌르이고, 메르헨을 통해 미지의 공간에서 미지를 탐색하는 방랑자입니다. 나에게 산책은 사색의 방편이고 방랑은 문학의 종심을 표상합니다. 고상한 메르헨을 쓰려면 산책자이면서 방랑자이고 초현실주의자가 되어 꿈을 통해 무의식의 곳간까지 여행할 수 있는 정신의 역마살이 필요합니다. 독일어 '반더러Wanderer'는 '방랑자'를 뜻하고 '반더룽Wanderung'은 '도보 여행' '방랑'을 말하는데, 방랑자로서 나의 방황은 도보 여행에서 시작하여 지상의 바오밥나무로부터 우주의 별, 그 너머까지 이어집니다. 내가 쓴 메르헨에 나타나는 초현실주의란 실은 언어의, 몽상의 안감 같은 것입니다. 앙드레 브르통에 의하면 초현실주의란 "현실을 초월한다는 의미가 아니라 현실을 보다 깊이 자각할 수 있고, 세계를 더 뚜렷이 그리고 정열을 가지고 바라보는 일종의 태도"로 이해되어야 한다고 합니다. 모든 세대를 위한 메르헨 『바오밥나무와 방랑자』『바오밥나무와 달팽이』는 지금, 여기의 조금 낯선 이야기이면서 초현실 세계이고, 초현실이면서 현실을 보다 깊이 각성할 수 있는 삶의 은유입니다. "헤라클레이토스는 변증법에 있어서, 뤼르Lulle는 정의定義에 있어서, 보들레르는 모럴에 있어서, 랭보는 생활의 실제와 그 밖의 것에 있어서, 각기 초현실주의자이다"라는 앙드레 브르통의 말이

맞다면, 니체는 디오니소스적 긍정으로 세계를 낯설게, 삶을 신성하게 하는 영원회귀의 방랑자로서, 릴케는 혼돈의 세계 위에 매달린 생의 불가능에 정신을 곧추세운 시인으로서, 김수영은 현대 시의 '거대한 뿌리'를 심은 모더니스트로서, 그리고 나의 메르헨에 나오는 바오밥나무와 방랑자들 이야기는 김병익의 말마따나 "아름답고 예지에 가득한 자유로운 영혼의 방랑"으로서, 각기 초현실주의자라고 말할 수 있을 것입니다.

나는 걷고 또 걸으면서 몽상의 낯선 세계를 방황하고 또 방랑하면서 그리워하는 것을 만나기 위해 꿈을 꾸었습니다. 한 번도 가본 적 없고, 한 번도 만나본 적 없는 낯선 우주에서 꿈을 꾼다는 것은 가지 않은 길을 서성이듯 두려움이 앞섰지만, 한 번도 되어본 적 없는 그 무엇이 되기 위하여 별로 가는 여행은 행복했습니다. 이 멀고 먼 여행길에서 반짝이는 당신의 별과 잃어버린 시간과 커피 향보다 진한 아름다움과 무엇보다 당신이 찾던 보석 숨겨진 메르헨 상자의 봉인을 열어보시지 않겠습니까?

5

나는 지금 '생각들이 사는 별'을 산책하고 있습니다.

'생각들이 사는 별'은 검은 밤의 별이지만, 동이 트는 새벽 풍경과 백조의 노래 들리는 낮달 뜬 환한 풍경과 눈 덮인 바위에 앉은 개구리가 햇빛을 쐬고, 시간이 풍경에 침잠하는 해거름 녘

이 혼재한 환상적인 별입니다. 르네 마그리트의 그림 「빛의 제국 L'Empire des lumières」보다 훨씬 더 경이로운 패러독스가 일상인 별이지요. '생각들이 사는 별'을 우주에서 보면 촛불 같은 별이 노란색과 오렌지색으로 떠 있는데, 그 빛은 리스트Franz Liszt가 편곡한 피아노곡 「파우스트Faust」 중 '왈츠'처럼 현란하게 아주 현란하게 반짝이고 있습니다. 이 별에는 우리가 잃어버린 생각들이 살고 있습니다. 눈부신 파란 들녘 사이프러스 나무 밑에선 빈센트 반 고흐가 방문객들을 위하여 헤아릴 수 없이 많은 의자를 그리고 있습니다. 사람의 공명을 간직한 빈 의자에 고흐는 '없는 것을 생각해보는 의자'라고 글을 새겼습니다. 뮤즈를 찾아 떠난 시인 노발리스는 『푸른 꽃Heinrich von Ofterdingen』 앞에서 "꿈이란 밤낮 똑같은 일상을 막아줄 수 있는 방호벽이자, 묶여 있던 상상력이 활기를 되찾아 인생의 모든 그림들을 뒤섞어놓고 어른들의 한결같은 진지함을 어린아이들의 즐거운 놀이로 바꾸어놓는 놀이마당이에요. 만약 꿈이 없다면 우리는 훨씬 더 빨리 늙어버릴 거예요"라고 읊조리듯 말하고 있습니다. 그러자 "꿈이란 말이야, 몽상가의 특권이지. 압생트에 취해 느끼는 황홀경처럼 절망적인 상황에서도 실존을 해방시키는 게 꿈이거든. 방황하는 시인이여, 그대의 뮤즈인 꿈을 별 숲에서 찾았는지요" 하고 푸른 꽃이 말했습니다. 「생각들이 사는 별」에서는 사람들이 허리춤에 도끼를 차고 다니고 있었습니다. 집시처럼 별을 떠도는 사람들은 눈과 영혼이 추해질 때면 도끼를 꺼내 가차 없이 자기의 정신을 내려치거든요.

'생각들이 사는 별'은 우리에게 익숙한 세계가 아닙니다.

우리로 하여금 '생각하게 하는 별'이 '생각들이 사는 별'입니다. 우리는 얼마나 많은 것을 잊고 살아가는지 모릅니다. 시간이, 속도가, 빼앗아간 것들과 알면서도 외면해버린 것들과 무심하게 잃어버린 것들 속에서 우리는 생각마저 잊고, 생각이 숨겨놓은 꿈과 상상과 몽상의 시를 잘 읽으려 하지 않으니까요. 독일 유학 시절에는 멘자Mensa(학생식당) 앞 보따리 책 장사 아저씨들한테 정신이 예뻐지는 작은 책을 사는 것이 큰 즐거움이었습니다. 멘자에 가서 점심을 먹는 것도 맛있었지만, 밥보다 더 내 흥미를 끈 것은, 담장을 빨갛게 물들이는 넝쿨 장미처럼 눈부신 보따리 책 장사들이 여기저기 자리를 차지하곤 가난한 학생들을 유혹하는 것이었습니다. 도수 높은 안경을 낀 채 누가 책을 사건 말건 노란 표지의 레클람Reclam 문고판 헤겔이나 칸트를 보던 갈대같이 키가 큰 독일 청년과 미술·미학 책을 많이 팔던 페르시아 아저씨는 내 정신을 지극히 높은 곳으로 인도해줄 교양의 사도 같았으니까요.

학교를 마치고 집으로 가려면 함부르크 알스터 호수를 지나는 시내버스를 타곤 했는데, 그날따라 수첩만 한 파울 클레 화집들과 헤르만 헤세 문고판 책을 사서 만지작거렸습니다. 버스가 시인 하이네 동상이 있는 시청 광장을 지날 무렵, 청년 헤세가 니체와 부르크하르트에게 광속으로 빨려 들어갔다는 내용을 보곤 가슴이 얼마나 뛰었는지 모릅니다. 나 역시 니체와 부르크하르트를 좋아했지만 무엇인가에 광속으로 빨려 들어갔다는 표현이 더 좋았습니다. 광속으로 빨려 들어갈 그 무엇이 있다는 것은 나의 의지를 표상할 수 있는 세계가 있다는 것입니다. 살다 보면 낮과 밤마저 익숙해져 우리는 광속으로 빨려 들어갈 그 무엇마저 놓치게 됩니다. 패러독스의 경이로움도 삶이지만, 우리는 삶에 병풍처럼 쳐놓은 안락함에 빠져 초월이니 모순이니 "이미지의 배반"이니 하는 것들을 우아한 장식품 정도로 생각할 때가 있습니다. 르네 마그리트는 「빛의 제국」 연작을 통해 낮과 밤의 공존, 혹은 초월을 통해 느슨해진 생의 허를 찌르고, 익숙해진 밤과 낮의 하늘을 생각해보라고 합니다. 내가 쓴 메르헨 「생각들이 사는 별」 역시 생각의 이면을 찌르는 아름다운 칼인지 모릅니다.

6

『바오밥나무와 방랑자』가 그랬듯이 『바오밥나무와 달팽이』도 익숙한 것을 마음에서 추방하고 아직 보지 못한 것, 아직 찾지 못한 것을 찾으려는 초현실적인 방랑의 텍스트입니다. 메르헨 속의 방랑자와 산책자는 끊임없이 무엇을 향해 걸어가고, 타자를 향해 건너갑니다. 그것이 바오밥나무이건 달팽이건, 「숲속의 몽상가」 「대초원별을 찾아가는 파란 코끼리」 「황금방망이 꼬리털여우」 「꽃의 소행성」이건 「바람 신을 경배하는 새들의 별」과

「카일라스별로 간 소리 수집가」「어린이의 이상한 뿔피리별」이 건 자기 자신으로부터 출발하여 먼 길을 돌아서 타자에게로 갑니다.

이 책은 우리를 행복하게 해주는 행복론이 아닙니다. 막연한 행복은 시야를 희끄무레하게 만들어 꽤 그럴듯해 보이게 하지만 그것은 안개처럼 사라지는 신기루일 뿐입니다. 나는 지상에 뿌리내린 나무의 심정으로 이 글을 썼습니다. 나무는 행복하기 위하여 존재하는 것이 아니라, 존재하고 있기에 행복한 것입니다. 사람처럼 수직으로 존재하는 나무는 말이 없지만, 말 없음의 기품 속에는 고통과 인내와 환희를 담고서 얼마나 강해질 수 있는 존재가 나무인가를 보여주고 있습니다. 나무를 바라보는 신비한 마음이란 대상을 낯설게 바라보기입니다. 이 책에 나오는 이야기들은 우리 생을 낯설게 보여주어 어떻게 존재할 수 있는가를 스스로에게 묻는 따뜻한 존재론, 생을 낯설게 바라보기로서의 메르헨입니다.

예술이 보이지 않는 세계를 보여주듯 익숙하고 낡은 생각의 틀을 깨는 메르헨은 은밀히 심장에 스며들어 우리의 탁해진 정신에 피를 돌게 해줍니다. 피의 귀가 열리고 심장에 눈이 떠져서 사느라 정신없는 마음과 헛된 욕망의 자리에 백합꽃의 말이 들리고, 별들의 이야기에 귀 기울일 수 있는 시간이 찾아오는 것이지요. 미적 형이상학을 담은 고상한 메르헨이란 '우리가 한 번도 되어본 적이 없는 어떤 존재'를 이야기하려는 것입니다. 그러나

박재薄才한 저는 온몸으로 정신을 밀고 가더라도 그것이 얼마나 어려운 일인지 두려울 때가 많은데, 메르헨 쓰기를 계속할 수 있었던 것은 부족한 글에 애정을 담아 용기를 주신 선생님들이 계셨기에 가능했습니다.

문학평론가 김병익 선생님과 시인 정현종 선생님과 문학평론가 오생근 교수님, 세 분 선생님들께서는 문학의 현자처럼 언제나 따뜻하고 깊고 맑은 눈빛으로 인간적인 것과 문학적인 것을 삶과 글로 보여주셨습니다. 문학에서의 심미적 사유가 무엇인지, 문학이 정신의 한 계기로 미Schönheit를 표상하고, 존재와 부조리, 미의 부정태까지, 우리를 눈멀게 하는 것들까지 감지하여 무력한 존재로 남아 있을 것들에 아름다운 풍경을 그릴 수 있었다면, 그건 모두 세 분 선생님을 흠모하는 제 마음이 빚은 모방의 결과일 것입니다. 『바오밥나무와 방랑자』에 이어 『바오밥나무와 달팽이』가 나오게 된 것은 선생님들과의 고귀한 인연 덕분입니다. 진심으로 사랑과 존경의 인사를 드립니다. 그리고 통찰력 깊은 문학비평과 미학적 에세이로 잘 알려진 이광호 대표님께서 이 모든 일을 가능하게 해주신 것에 대하여 감사를 드립니다. 아름다운 책을 위하여 항상 사려 깊게 배려해주신 이근혜 주간님과 세심하고 정감 있게 책 예술의 편집을 해주신 박지현 편집장님께도 마음 깊은 고마움을 전합니다.

내 마음의 낯섦은 어디에도 있고 어디에도 없습니다.

생이 별을 바라보며 낯섦을 찾아가는 여정이라면, 문학은 그리움Sehnsucht이라는 별 저 너머의 낯섦을 찾아가는 방랑이겠지요. 달팽이와 바오밥나무가 은하를 건너가는 것은 우리 생이 낯선 여행을 하는 방랑이기 때문입니다. 「회색 눈사람 행성 울티마 툴레에서 만난 씨앗」에서 내가 만난 것은 암석 틈에 끼인 보일 듯 말 듯한 씨앗입니다. 씨앗은 45억 년쯤 전부터 꽃을 피우기 위해 빛을 기다리고 있습니다. 다시 45억 년이 걸릴지, 450억 년이 걸릴지 모르는 빛-기다림의 우주에서 씨앗은 자기 자신을 초월한 지 오래입니다. 씨앗이라고 그 엄혹한 추위와 어둠, 절대 고독이 무섭지 않았을까요. 우리들 생은 자신을 초월하고 세계를 초월하면서, 어쩌면 오지 않을지도 모를 그 무언가를 기다리며 살아갑니다.

『바오밥나무와 방랑자』『바오밥나무와 달팽이』이야기는 바흐의 「독주 바이올린을 위한 소나타와 파르티타Sonaten und Partiten für Violine solo」처럼 독주집으로 마칠 수도 있고, 에르네스트 쇼송Ernest Chausson의 바이올린과 오케스트라를 위한 작품 「시곡Poème」에서처럼 바이올린 독주와 오케스트라가 아직 등장하지 않은, 매우 느린 템포의 서주만 선보인 것일 수도 있습니다. 세상이라는 "숲은 어둡고 깊고 아름다운데The woods are lovely, dark and deep, / 그러나 나에겐 지켜야 할 약속이 있습니다But I have promises to keep, / 잠들기 전에 가야 할 먼 길이 있습니다 And miles to go before I sleep." 그 길을 가기 위해서 쩔렁거리는 흰 당나귀의 방울 소리를 들을 것이며, 찬란한 5월에도 눈 내리는 숲길에서 만난 바오밥나무를 생각할 것입니다.

길이 보이지 않는다고요?

길은 원래 보이지 않는 것입니다. 더구나 글을 쓸 때의 막막함이란 암흑 물질 같은 것이 영혼에 달라붙어 끔찍하게도 낄낄거리며 나를 비웃는 것 같습니다. 보이지 않는 길 앞에서 나는 또 얼마나 많이 절망하고, 얼마나 깊은 바닥까지 내려가고, 정신의 우주 그 어딘가의 구비를 집시처럼 헤맬지 모릅니다. 그럴 때면 나는 눈 내리는 저녁 숲으로 갈 것입니다. 눈 덮인 숲에서 길을 보기 위하여 침묵할 것이며, 나무의 몸에 난 얼어 터져 빛나는 상처를 눈에 담을 것이며, 어두운 땅속에서 숨을 쉬며 꿈을 꾸고 있을 씨앗들을 생각하며, 루이스 슈포어Louis Spohr의 가곡 「위안 Beruhigung」에 귀를 기울일 것입니다. 그렇지만, 그럼에도 불구하고, 나는 눈물을 흘리겠지요. 모과나무에 부서지는 눈부신 햇살을 만졌을 때, 올해도 어김없이 모과꽃을 찾아온 무당벌레 눈과 마주쳤을 때, 구둣방에서 구두를 수선해주는 할아버지를 만났을 때, 메르세데스 소사Mercedes Sosa의 노래를 듣지 않아도 그냥 삶에 감사하는 마음이 들 때, 바위틈을 비집고 올라온 연둣빛 잎을 찾았을 때, 몸을 쪼개고 들어온 검은 방사선 치료를 무사히 마친 화가 친구 루시아의 전화를 받았을 때, 밭둑길 넘어 슬레이트 지붕에 비스듬히 선 굴뚝에서 저녁밥 짓는 연기 오를 때, 바오로딸 서원 카페에서 커피를 마시며 수녀님의 라일락꽃 같은 미소를 보았을 때, 잠들기 전에 창밖 별을 보며 '하, 별빛 참 깊다!'라고 생각될 때, 우리가 무엇인가에 서로 연결되어 있다는 존재의 아름다움에 눈물 한 방울 아롱질 때가 있지요.

나는 지금 존재의 끔찍함을 비우는 중입니다.

보도블록 틈을 뚫고 올라온 연초록 잎 하나를 보며

다시, 존재하기 위하여!

생의 불협화음을 파괴하는 아름다움을 '쓰기' 위하여!

2023년 유월 칸나꽃을 기다리며

차례

1부

시간 수선공별과 잃어버린 시간을 찾는 방랑자

시간 수선공별은 파멸당한 시간과 낡고 해진 시간의 천 쪼가리로 만들어졌다. 시간의 알에서 탄생하지 못하고 숨이 시들어버린 시간과 어둠의 물질이 된 시간, 숙명을 사랑하지 못해 이별보다 앞서간 시간, 시간의 뿌리에 꽃이 피어 시간의 꽃을 볼 수 없는 시간도 있었다.

시간 수선공은 우주에 버려진 시간과 은하에 숨겨진 시간의 천 쪼가리를 모아 별을 기웠다. 시간의 천 쪼가리를 오목조목 맞춰 이어 별들이 탄생하는 것을 보고 시간 수선공은 흐뭇했다. 낡은 시간의 헝겊을 덧대 만든 별이 탄생하는 것은 그늘진 우주에 따뜻한 이불 한 채 덮어주는 것이고, 시든 시간의 꽃에 물을 주는 일이며, 시간의 나무 한 그루 심는 일이다.

끝없이 미래를 향하는 것 같은 시간이 영원 회귀하는 것은 시간 수선공 때문이다. 그는 한 줄기 빛에서 터진 시간의 집에도 살고, 캄캄한 어둠의 혀끝, 거울의 눈동자, 바람의 머릿결, 나무

의 뿌리에 붙어 지내는 마법사 속에도 산다. 시간 수선공의 천의무봉한 솜씨 때문에 신들도 이 별에 와서 시간을 수선해 갔다.

달팽이와 바오밥나무가 시간 수선공별에 온 것은 잃어버린 시간을 찾기 위해서다. 우주에는 시간을 잃어버리고 탄식하는 사람들이 너무 많다. 잃어버린 시간을 찾고 싶은 사람들은 시간 수선공별에 와서 해져버린 시간, 망가진 시간, 깨어진 시간, 금 간 시간, 물먹은 시간, 아픈 시간을 고쳐달라거나 버렸던 시간, 길 잃은 시간, 허송세월한 시간, 슬그머니 손 놓은 시간을 찾아달라고 했다. 사람들은 시간 수선공별 어딘가에 자기가 외면한 시간이 있을 거라고 믿었다.

노란별에 사는 부자가 시간 수선공별을 찾아와 말했다.

"황금을 쌓아둘 시간이 너무 부족해요. 충분한 시간을 저에게 파세요! 시간을 쌓아두고 필요할 때 꺼내 쓰고 싶거든요."

빨간별에서 온 사람이 말했다.

"내가 잃어버린 시간도 이 별 어딘가에 있을 텐데…… 그땐 정말 바빠서 시간을 놓쳤거든요…… 그 시간은 어디에 있을까요?"

어느 나이 든 여인은 얼굴에 내려앉은 무거운 주름을 팽팽한 시간으로 수선해달라고 했으며, 시간 금고를 만들어달라는 사람도 있었고, 콜로라투라 소프라노는 전성기 때의 시간을 찾으러 왔다고 했다. 시간 수선공이 사는 별에는 시간을 잃어버린 별별 사람이 다 모여들었다.

마침내 시간 수선공이 시간의 천 쪼가리를 들고 나타났다. 그가 들고 있는 것은 자투리 천을 이어 만든 시간 조각보였다. 사람들은 알록달록한 시간 조각들을 보고 눈이 휘둥그레졌다. 시간 조각보에서는 오래된 소리가 났는데, 네모난 헝겊 세모난 헝겊의 색동 시간 쪼가리에는 별, 달, 나무, 타자기, 자전거, 공, 연필, 램프, 목화솜, 달력, 유리병, 책, 시계 등 익숙한 것들이 수놓아져 있었다. 달팽이와 바오밥나무는 시간을 되찾을 수 있을 것 같은 기대감에 부풀었다. 달팽이는 보라 조각 시간이 궁금했고 바오밥나무는 초록 조각 시간을 찾아가고 싶었다. 사람들은 시간 조각보의 색깔과 무늬를 보며 잃어버린 시간을 찾을 생각에 조금 들떠 있었다.

시간 수선공이 드디어 입을 열었다.

"나는 날마다 커다란 체로 은하수에 버려진 시간을 건져 올리지요. 체로 건진 시간을 조각조각 덧대 이어 붙이면 시간 조각보가 된답니다. 그러나 이렇게 탄생한 시간은 아무도 가져갈 수 없어요. 이 시간 조각보로 별을 만들거든요."

여기저기서 탄식이 들려왔다. 잃어버린 시간을 찾아 시간 수선공별에 온 사람들은 낙담했다. 시간 수선공은 계속 말을 이어 갔다.

"사람의 영혼에는 모래시계가 있답니다. 시간이 떨어져 내린 모래시계는 다시 거꾸로 세울 수 없어요. 영혼의 시간은 재충전할 수가 없거든요. 하루에 8만 6,400초가 흐르는 강물처럼 당신 곁을 지나갑니다. 게다가 우주에는 머리부터 발끝까지 검은 망토 차림을 한 시간 염탐꾼이 돌아다녀요."

"시간 염탐꾼이요?"

시간 수선공별을 찾은 사람들은 깜짝 놀라 일제히 되물었다.

"검은빛 형태로 시간을 초월해 다니는 시간 염탐꾼은 사람들의 가장 순수한 시간을 염탐하다가 순식간에 낚아채 달아나거든요. 사랑을 나누는 시간이나 누군가에게 미소 짓는 순간, 아기의 눈을 바라보는 시간, 늙은 어머니 손을 잡는 시간, 꽃에 물을 주는 시간, 바닷가에서 지는 해를 바라보는 시간, 나무를 찾아 숲으로 가는 시간, 행복을 이야기하는 시간…… 이런 시간들 있잖아요."

잃어버린 시간을 찾으러 온 사람들은 망연자실한 표정을 지었다. 하지만 시간 염탐꾼의 존재를 안 것은 천만다행이었다.

"버려진 시간의 천 쪼가리로 시간을 수선하는 일은 상처 난 별을 기워 새로운 별을 탄생시키기 위해서입니다."

시간 수선공의 말을 들은 달팽이와 바오밥나무는 이렇게 말하며 별을 떠났다.

"이제 밤하늘에 빛나는 별을 보면 '아, 저 별 어딘가에는 내가 잃어버린 시간이 반짝이겠구나!' '오, 저 별빛에는 행복한 줄

모르고 지나친 나의 꿈꾸는 시간이 숨 쉬고 있겠구나!'라는 생각
이 들겠지?"

　　돌아가는 사람들을 위해 시간 수선공이 한마디 했다.

　　"시간 염탐꾼은 당신 밖에도 있지만 당신 안에도 있답니다!"

회색 눈사람 행성 울티마 툴레에서 만난 씨앗

태양 빛이 미치지 않는 울티마 툴레는 우주의 유령이 사는 얼음 왕국이다.

먼 옛날 신은 우주를 떠도는 유령을 이곳에 유폐시켰다. 투명한 얼음장을 들여다보면 나뭇잎이 된 유령, 먼지 덩어리 유령, 벌레가 된 유령, 이끼가 된 유령이 보이는 것은 그 때문이다. 달팽이는 회색 눈사람 모양의 울티마 툴레에 앉아 생각에 잠겼다. 눈을 감고 있으면 아무것도 보이지 않았지만 무수한 빛-암흑이 있었다. 숲을 떠나올 때 보았던 언덕의 능선과 나뭇잎을 스치고 가는 바람, 풀잎에 맺힌 새벽이슬, 해거름 녘의 풍경⋯⋯

늘 보던 것들이 그리워졌다. 보이지 않는 길을 찾아가는 게 삶이라는 걸 모르진 않았지만, '꿈은 찾을 수 있을까? 파란별은 어디쯤 있는 것일까?⋯⋯' 달팽이는 방랑자의 고독에 잠겨 있었다. 광막한 우주 한 모퉁이에서 헤아릴 수 없는 별을 거느린 은하를 보고 있으니 회의와 좌절감이 밀려왔다. 우주의 경이로움 앞에서 느끼는 숭고한 절망감이었다.

"좀 비켜줄래?"

아무도 보이지 않는 곳에서 들려온 작은 소리에 달팽이는 깜짝 놀랐다. 아무리 둘러보아도 회색 암석밖에는 보이지 않았다. 달팽이는 자리에서 일어나 두리번거리다가 그냥 말을 건네보았다.

"넌 누구니?"

"난 씨앗이야!"

자세히 보니 앉았던 자리 암석 틈에 보일 듯 말 듯 씨앗이 있었다. 흙먼지에 덮여 끄트머리만 살짝 보이는 씨앗은 얼핏 암석부스러기 같았다.

"안녕, 정말 반가워!"

달팽이가 말했다.

"안녕, 나도 반가워! 이 행성을 지나가는 탐험자구나."

씨앗이 말했다.

"탐험자? 나 말고 누가 또 이곳을 다녀갔니?"

"고요한 침묵과 바람과 별빛 그리고 얼음의 신이……"

달팽이는 재미있는 씨앗이라고 생각했다.

"넌 거기서 뭐 하니?"

"꽃을 피우려고!"

"……꽃? 언제부터 꽃을 피우려고 했는데?"

"45억 년쯤 되었을 거야. 이곳은 너무 춥거든."

씨앗은 흙먼지 속에 투명하게 언 채로 있었다. '45억 년 동안이나 꽃을 피우려고 이렇게 살고 있다니······' 얼지 않고 숨을 쉬는 것인지, 언 채로 숨을 쉬는 것인지, 아니면 정신만 꿈을 꾸는 것인지, 순간 달팽이는 정신이 아주 맑아지는 걸 느꼈다. 꽃 한 송이 피우려고 45억 년이나 잠들지 않고 있다는 게 살아 숨 쉬는 화석을 보는 것 같았다. 달팽이는 씨앗이 숨 쉬는 미세한 진동이 우주의 무늬를 만든다고 생각했다.

"꽃은 언제 피울 거니?"

"기다리는 중이야!"

"언제까지?"

"그건 나도 몰라. 내가 원한다고 피는 게 아니거든. 꽃은 모든 씨앗의 꿈이지만 기다려야 해. 언젠가 햇빛이 들고 비도 내릴 테니까."

"여긴 너무 추운데!"

"달팽이야, 45억 년 후엔 이곳이 따뜻해질지 누가 알아. 난 때를 기다리는 중이야. 아름다움은 어느 순간 태어날 테니까."

"그때를 어떻게 알 수 있지?"

"바람이 가르쳐줄 거야."

"오랜 시간 기다리느라 외로울 텐데 친구가 되어줄게."

"고마워."

달팽이는 낯선 별에서 명상을 했고 바오밥나무는 아무 말 없이 달팽이와 씨앗의 만남을 지켜보았다. 억겁의 시간 속에서 불가능할 것 같은 싹을 틔우기 위해 묵묵히 내면으로 가는 길을 내고 있는 씨앗이 바오밥나무 눈에는 장엄해 보였다.

헤어질 시간이 되자 달팽이는 눈물이 날 것 같았다. 순간, 달팽이의 눈물 한 방울이 씨앗에 떨어졌다. 45억 년 만에 처음 떨어진 투명한 물방울에 씨앗은 따뜻하게 저며오는 아픔 같은 것을 느꼈다. 눈물 한 방울이 45억 년 동안 결빙된 시간을 녹일 수는 없겠지만, 아주 미세한 균열이 일어나는 것 같았다. 금방이라도 연초록 새순을 틔우고 꽃을 피울 것 같은 떨림!……

달팽이와 바오밥나무와 씨앗은 서로의 마음에 그리움을 묻은 채 헤어졌다. 이 광활한 우주에서 언제 다시 만날지 기약할 순 없지만, 삶은 그리움을 안고 가는 것임을 느낄 수 있었다.

생각들이 사는 별

지구 사람들이 이 풍경을 보았다면 몹시 놀랐을 것이다.

생각들이 사는 별에는 산과 계곡, 숲 굽이마다, 초원과 호수, 골목길에도 생각이 살고 있었다. 가을에 편지를 쓰는 생각, 별을 바라보는 생각, 나뭇잎을 어루만지는 생각, 양심을 떠올리는 생각, 나무의 순결한 생각, 처음을 기억하는 생각, 학교 운동장을 달려가던 생각, 눈물의 생각, 바람의 생각, 두리번거리는 생각, 텅 빈 생각, 꿈의 생각, 죽음의 생각, 고독을 위로하는 생각, 엄마 생각, 겨울밤의 생각, 아침 이슬의 생각, 풍뎅이의 생각, 동산의 생각, 강의 생각, 강아지의 생각, 딱따구리의 생각, 말의 생각, 거지의 생각, 산의 생각, 눈부신 햇살의 생각, 귀의 생각, 비의 생각, 아이의 생각, 아름다운 생각, 물의 생각, 꽃의 생각, 환히 비치는 생각, 우리가 간직해야 할 생각……

달팽이와 바오밥나무는 어딘가에 두고 온 것 같은 생각을 찾느라 온종일 두리번거렸다. 이 생각을 집었다 놓고 저 생각을 들었다 놓았다.

"안녕, 침묵의 생각!" "안녕, 어른거리는 생각!" "안녕, 기차 바퀴의 생각!" "안녕, 먼 길 가는 생각!"

달팽이는 생각들을 볼 때마다 반갑게 인사했지만 점점 지쳐 갔다. 생각이 사는 눈사람에서, 생각이 사는 모닥불에서, 생각이 사는 흙탕물에서, 생각이 사는 실연에서, 생각이 사는 폭풍에서, 생각이 사는 고요에서, 달팽이와 바오밥나무는 분주한 시간을 보냈다.

거울을 들여다보는 생각도 있었다. 수수꽃다리 향기의 관을 쓰고 산책하는 생각도 보였다. 램프 불빛처럼 노란 모과 향기를 맡는 생각…… 생각들이 사는 별에서는 공기처럼 맑은 생각들이 저마다의 꿈을 꾸고 있었다. 생각을 멈추면 그것들은 죽은 것처럼 보이지만, 이 별에 와서 보니 그게 아니었다. 꿈꾸는 식물들처럼, 몽상하는 나무들처럼, 생각들도 날갯짓을 하며 날아오르고 있었다. 생각들의 우주가 생각들이 버려진 별에서 탄생하고 있다니…… 오래전 나를 떠나간 생각들이 류트 소리처럼 고풍스럽게 되살아나고 있었다.

"잊힌 생각들이 저항하는 것 같아."

바오밥나무가 말했다.

"생각들의 저항?"

달팽이가 되물었다.

"생각들이 사고를 할 수 있는 건 자명종이 있기 때문이지. '생각의 자명종' 말이야. 생각의 안쪽에는 자명종이 있어서 생각을 할 때마다 종이 울리거든. 버려진 생각일지라도 어디에선가 자명종을 울리며 스스로의 존재를 증명하고 있지. 버려지고 죽은 것 같지만, 각성을 통해 존재하고 있는 생각들을 보면 생명력이 강하다는 느낌이 들어. 생각들은 우리 기억에서 사라질 뿐, 영원히 사라지지 않고 별을 보거나 창을 보면서 명상을 하고 있는지도 몰라."

달팽이는 바오밥나무의 말을 들으며 생각들의 저항이란 생각들의 존재 의지라고 여겼다. 들녘으로 불어오는 산들바람에 흔들리는 하얀 깨꽃처럼 별이 빛나는 밤이었다. 얼마나 많은 시간이 지났을까……

"드디어 찾았다!"

바오밥나무가 잃어버린 생각을 찾았다고 소리치자 달팽이의 마음이 초조해졌다. 달팽이는 부지런히 생각을 찾았다. '나도 얼른 찾아야 하는데…… 내 생각은 어디에 있을까?'

"저기 있다!"

마침내 달팽이도 생각을 찾았다.

까맣게 잊고 있던 생각을 찾은 달팽이와 바오밥나무가 별을 떠나려는데, 생각들이 사는 별의 정령이 나타났다.

"너희가 찾은 생각은 오래전 너희가 버린 생각이란다."

"어쩐지, 눈에 익숙한 것이 마음이 자꾸 가더라."

달팽이가 말했다.

"잃어버린 생각은 잃어버린 꿈이야. 그것들은 우주 저만치를 영원히 떠돌 뿐…… 이미 누군가가 예약을 했거든. 누군가의 마음에서 생각의 그림들이 그려지는 중이지."

달팽이와 바오밥나무는 하는 수 없이 빈손으로 생각들이 사는 별을 떠나야 했다.

정처 없이 또 길을 떠나며 달팽이는 바오밥나무와 함께 파란 별을 찾아 여행에 나선 게 아주 오래전 일처럼 느껴졌다. 그들이 별을 방랑하는 여행자가 된 것은 우연히 시작되었다.

숲속의 몽상가

달팽이 세계에서는 새처럼 날아다니는 공상을 하면 안 되었다.

물고기처럼 물속을 헤엄칠 상상을 한다거나, 나무처럼 해와 달과 이야기하는 생각을 한다거나, 별을 보고 은하수를 건너갈 꿈도 꾸면 안 되었다. 달팽이는 달팽이다워야 한다는 전통이 있었다. 달팽이 세계에서 '꿈꾸는 달팽이'는 여느 달팽이들과 다른 생각을 했다. 그는 별이 빛나는 우주를 보고 꿈을 꾸며 먼 곳을 동경했다.

'은하수 건너 파란별은 왜 빛나는 것일까? 저 산 너머엔 어떤 세상이 있을까? 나는 어느 별에서 왔지? 태양계 밖 우주에는 무엇이 있을까? 꿈은 어떻게 찾을 수 있지? 무지개 나라 가는 길은 누가 알까? 숲 밖은 낭떠러지일까? 신들의 세계는 존재할까? 삶이란 무엇이지? 아름다움이란 무엇일까? 죽음 뒤에는 어떤 세상이 펼쳐질까?……' 하고 상상하기를 즐겼다. 다른 달팽이들은 그를 '숲속의 몽상가'라고 불렀다.

어느 날 숲속에서 그는 "꿈은?(물음표)예요!"라고 말했다. 꿈을 ?라고 말한 몽상가 달팽이가 이상해 보였는지, 흰 수염이 길게 난 달팽이가 나섰다. 그는 '구루guru'로 불리며 달팽이 세계에서 추앙받는 존재였다. 구루는 '자아를 터득한 신성한 교육자'이자 '정신적 스승'으로 달팽이들의 세계에서 절대적 권위를 지니고 있었다. 달팽이 세계의 법식과 관습을 관장하는 신 같은 존재인 그가 몽상가 달팽이에게 처음 한 말은 "달팽이는 달팽이다!"였다.

"애야, 달팽이는 달팽이답게 살아야 한다. 다른 달팽이처럼 싱싱한 풀잎을 갉아 먹고 살을 찌워 겨울잠에 들 준비를 해야지. 존재하려면 밥이 꿈이다. 밥보다 위대한 꿈은 없어. 꿈은 ?가 아니란다. 달팽이들 세계에서 밥 외의 꿈은 불온하기 짝이 없는 망상일 뿐이야."

구루 달팽이가 근엄하게 말했다.

"하지만 내겐 밥이 꿈이 아니라 꿈이 밥이에요. 꿈은 깨어 있는 삶이거든요. 모두 밥이란 꿈을 먹는다 해도 나는 꿈이란 밥을 먹을 거예요."

달팽이들은 숨을 죽였다. 달팽이 세계에서 구루 달팽이 말을 반박한다는 건 불경죄에 해당되는 일이었다.

"밥이 아닌 꿈은 몽상일 뿐이야! 헛된 생각을 하느라 생을

낭비하지 말거라. 달팽이들은 잘 먹고 잘 살기 위해 태어난 거란
다."

구루 달팽이는 단호했다.

"그래도 꿈꾸는 걸 포기하지 않을 거예요. 어쩌면 몽상은 신
기루일지도 몰라요. 하지만 몽상은 생각의 우주로 여행하게 만
들어요. 나는 사물을 선천적으로 인식하는 정신, 즉 순수이성을
이데아라고 믿으니까요. 이데아란 꿈꾸는 자만이 자각할 수 있
는 가장 아름다운 몽상이에요.

이데아! 그것은 시공을 초월한 절대적이고 영원불변한 실재
이며 현실의 그림자거든요. 삶을 지배하는 실존이자 관념이고,
의지를 표상하면서도 초관념인 도래하지 않은 시간, 미지를 의
미하지요. 꿈도 마찬가지 아닌가요?"

몽상가 달팽이가 말했다.

달팽이 몇은 몽상가 달팽이를 응원했지만 겉으로 드러낼 순
없었다. 소나기 지나간 산등성이로 무지개가 피어올랐다. 나무
와 꽃들은 빗방울을 머금어 오색영롱하게 보였다. 바람이 불어
왔고, 숲에는 빛깔들이 환하게 들어차고 있었다.

"너는 이상한 별에서 왔구나. 달팽이 세계와는 어울리지 않
아. 꿈이나 몽상으로 불가능한 혁명을 바라고 있으니 우리와는
다른 족속인 것 같아. 달팽이는 현재를 살 때에만 달팽이라고 할
수 있다. 그런데 너는 먹고사는 문제보다 꿈과 이상만을 추구하

는구나. 이데아는 허상이란다. 실체가 없는 관념일 뿐이야.

애야, 밥이 없다고 생각해보렴. 삶이란 아주 냉혹한 것이며 밥을 찾으려는 의지만이 우리를 자유롭게 한단다. 네가 이 숲에 계속 머문다면 다른 달팽이들까지 불온한 생각에 물들 것 같다.”

“꿈은 불온한 망상일지 몰라요. 그러나 본질적으로 불온한 것이 꿈 아닌가요? 꿈이 불온한 까닭은, 그것이 불가능을 추구하기 때문이고 불가능을 밀고 가는 게 삶이기 때문이에요. 내게는 아직 꿈꿀 자유가 있고, 몽상을 즐길 수 있는 마음이 있고, 존재자로 살 수 있는 고독이 있으니까요. 꿈꾸는 삶을 살아야 진정한 나로 존재할 수 있다고 믿어요!”

순간 이름 모를 슬픔이 밀려왔다. 눈물이 터질 것 같은데 눈물보다 더 투명한 슬픔이 눈물의 둑을 터지지 않게 막고 있었다.

‘햇빛을 뿌려놓은 것 같은 은하의 강을 건너가면 어떤 별나라가 나올까? 언제쯤 저 별로 건너가 미지를 여행할 수 있을까? 별이 아름답게 빛나는 것은 별 안에 무엇을 간직하고 있어서일까? 저 별처럼 나를 빛나게 하고 우주를 반짝이게 할 수 있을까?’ 몽상가 달팽이는 낯선 그리움에 설레는 마음으로 별을 바라보며 몽상을 했다. 그러다 꿈을 찾아 떠나기로 결심했다. 몽상가 달팽이는 언제나 꿈에 대해 이야기하며 밤하늘의 별을 함께 보던 바오밥나무에게 말했다.

“난 파란별을 찾아 떠날 거야. 별들은 꿈을 연소시켜 빛을 내는 것 같거든. 파란별을 만나면 삶을 반짝이게 하는 빛을 어떻게 내는지, 꿈이 무엇이라 생각하는지 물어볼 거야. 친구야, 함께 여행을 떠나지 않겠니?"

바오밥나무는 깜짝 놀랐지만 더 넓은 세상을 본다는 생각에 마음이 설렜다.

"하긴, 인디언은 친구를 '내 슬픔을 등에 지고 가는 자'라고 한다는데. 그래, 파란별을 찾아가자!"

밤하늘 별들이 눈송이처럼 쏟아지는 밤이었다.

대초원별을 찾아가는 파란 코끼리

　달팽이와 바오밥나무가 도착한 별에는 집채만 한 코끼리가 살고 있었다.

　숲에서 파란 코끼리를 처음 본 달팽이는 그 거대함에 놀라 입이 다물어지지 않았다. 기이한 생김새의 긴 코, 태풍이라도 일으킬 것 같은 커다란 귀, 걸을 때마다 지진이 날 듯한 육중한 다리, 상상 속 우주선을 닮은 발 모양을 보며 달팽이는 코끼리를 아주 먼 옛날 외계인이 이 별에 남겨놓고 떠난 생물이라 생각했다.

　'별의 파수꾼이 아니고서야 이 작은 별에 코끼리만 동그마니 있을 리 없잖아. 먼 훗날 너를 다시 데리러 올 테니 별을 잘 지키고 있어, 코끼리야! 말하고 외계인은 떠났을 거야. 한없이 순해 보이는 코끼리는 지금도 누군가를 기다리는 중일 거야.' 달팽이는 이런 상상을 하다가 코끼리가 가엾다고 생각했다.

　"안녕, 나는 몽상가 달팽이야! 이 별에서 무엇을 하고 있니?"

"대초원별을 찾아가고 있어."

"대초원별! 그곳이 어디니?"

달팽이는 호기심 어린 표정으로 파란 코끼리를 보았다.

"글쎄, 하지만 분명한 것은 우주 어딘가에 대초원별이 있다고 들었어. 지구별에도 아프리카의 사바나 초원이 있고 안데스 산맥에 둘러싸인 남아메리카의 팜파스도 있지만, 그곳에선 이미 살아보았거든. 무척 아름다운 곳이었어."

"대초원별은 왜 찾아가는데?"

"꿈을 찾기 위해서!"

꿈이라는 말을 듣는 순간, 달팽이는 가슴이 설렜다. 자기와 같은 생각으로 별을 찾아가는 친구가 있다니! 달팽이는 조금 흥분해 되물었다.

"꿈?"

"응. 생은 정신의 방랑을 통해 아름다워지거든. 향기가 나던 정신도 현실에 안주해버리면 곰팡이가 피기 시작해. 모과를 생각해봐! 초록과 노란색으로 향기의 마법을 뿜던 모과도 시간이 지나면 결국 썩고 말잖아. 영원한 향기는 존재하지 않아. 어떤 존재가 오래도록 향기를 내려면 정신의 방랑을 통해 꿈을 꾸고 그 꿈으로 자기 자신을, 현실을 변혁시켜야 하거든. 정신의 방랑에는 먼 곳을 동경하는 마음과 여행이 묘약이야. 웅크리고 상상만 하는 것은 무형의 감옥에 갇힌 것과 다름없으니까!"

달팽이는 정신의 방랑이란 말에 다시 가슴이 두근거렸다. '초원! 대초원! 대초원별이란 곳은 어떤 세상일까?' 달팽이는 낯선 세계를 상상했다.

"세상은 우리가 알지 못하는 비밀과 보석 같은 이야기를 숨겨두고 있어. 세상은 누구에게나 낯선 곳이기에 온전히 이해하기란 어려운 일이지. 그 낯섦을 하나씩 풀어가는 게 삶이고! 별은 언젠가 우리가 닿아야 할 정신의 고향이야."

"파란 코끼리야, 넌 초원의 철학자 같아."

"누구든지 내면에는 철학자가 살고 있어. 수수께끼 같은 삶을 풀어가는 철학자 말이야. 그런데 너희는 어디 가는 길이니?"

파란 코끼리가 달팽이를 코 위에 올려놓고 말했다. 코끼리의 맑고 깊은 눈동자에 비친 달팽이는 바다에 뜬 조각배 같기도 했고 섬처럼 보이기도 했다.

"꽃 피는 바다별로 떨어진 파란별을 찾아가고 있어."

"꽃이 피는 바다라고? 어떤 곳이니?"

"한 번도 본 적 없지만 거대한 파도가 변주되듯 영원한 시간이 밀려왔다 밀려가는 물의 우주 같은 별이라고 들었어."

"우와! 정말 멋진 별이구나."

"파란 코끼리야, 끝이 보이지 않는 우주에서 꿈을 찾아간다는 건 너무 어려운 일 같아. 저 수많은 별 중에서 어느 별이 내가 꿈꾸는 별일까? 혹시 내가 찾으려는 별을, 꿈을, 영영 못 찾는 건

아닐까?"

"여행은 자신과의 고독한 만남이야. 파멸당하지 않을 고독만 있다면 시간이나 속도는 중요하지 않아. 살면서 자신과 만나는 시간은 얼마나 될까?"

"……"

꿈을 찾아가려는 의지만이 전부였던 달팽이는 여행이 고독과 이야기하며 자기 자신을 만나는 일이라고는 생각해보지 못했다.

"코끼리는 대부분의 시간을 먹는 데 쓰고 무리 지어 다니다 보니 자기 자신을 만날 틈이 없어. 하루에 180킬로그램 이상의 식물을 먹어치우니까. 풀과 물을 찾아 유랑하는 데 생의 대부분을 바치거든. 동물들은 무리 지어 다니는 본능이 있잖아. 무리에서 도태되면 죽는다는 생각 때문에 말이야. 무리에서 떨어져 나와 여행을 통해 고독한 나 자신을 만나고 싶었어. 여행을 하다 보면 내가 고독에 말 걸기도 하지만, 고독이 내게 말을 걸어올 때도 있지."

"고독이 말을 건다고?"

"응. 고독은 여러 색깔을 지닌 내 안의 마술사야. 검은 고독, 파란 고독, 노란 고독, 보라 고독, 빨간 고독, 초록 고독, 흰 고독…… 고독은 시간과 공간에 따라 색을 바꿔가며 말을 걸어오거든. 고독은 살아 있는 유기체가 내는 활성 물질이야. 고독은 내 안에 은폐되어 있던 또 다른 내가 내쉬는 숨이기도 해. 생명이 깃을 치는 숨!"

"초원의 철학자 파란 코끼리야, 너는 나의 고독에 숨을 불어넣고 희망이 깃을 치게 만들어주었어. 사실 나는 꿈꾸기를 좋아하고 몽상을 즐긴다고 달팽이 세계에서 추방되듯 떨어져 나왔거든."

달팽이는 파란 코끼리에게 여행길에 오른 사연과 꽃 피는 바다별로 떨어진 파란별을 찾아가는 이유를 설명했다. 달팽이 얼굴에선 삶을 개척해 나가려는 굳은 의지도 엿보였지만, 어찌할 수 없는 그리움도 묻어났고 해석되지 않는 그늘과 쓸쓸함이 드리워 있었다.

"달팽이야, 고독을 두려워할 필요는 없어. 작은 새도 알껍데기를 깨고 나와 새롭게 눈을 뜨고 먼 곳을 향해 날아오르지. 나를 봐! 보이지 않는 세계를 찾아가고 있잖아. 별을 보고 너만의 길을, 네 안의 별을 찾아가도록 해. 자, 밤하늘을 한번 쳐다봐! 별들은 무리 지어 빛나는 것 같지만 홀로, 오직 자신만의 빛으로 반짝이거든."

달팽이는 은가루를 뿌려놓은 것 같은 별을 바라보며 생각에 잠겼다. 별똥별이 긴 포물선을 그리며 어둠을 가르고 있었다.

"달팽이야, 별과 별 사이의 거리가 얼마나 될 것 같아?"

"글쎄……"

"별과 별 사이는 최소 500광년 정도 떨어져 있어. 상상할 수 없이 먼 거리지."

"우와! 그렇게 가늠조차 되지 않는 엄청난 거리만큼 떨어져서 홀로 빛을 내다니……"

달팽이는 상상하기 어려운 거리에 놀란 표정을 지었다.

"별은 절대 고독 속에서 빛을 내는 법을 알고 있지. 내가 고독을 두려워하지 않고 대초원별을 찾아가는 비결이 무엇일 것 같아?"

"나도 그게 궁금했어! 그 비결이 무엇이지?"

"길을 걸으면 걸을수록 내 안의 별이 한 눈금 자라나고, 고독한 순간 빛은 한 눈금 더 자라거든."

파란 코끼리가 별을 보며 말하다 달팽이를 쳐다보았다.

"아, 고독이 빛을 자라게 하다니!"

달팽이는 파란 코끼리가 영적인 눈을 뜬 존재처럼 보였고, 오랜 방랑에서 지혜를 얻은 것이라 생각했다.

달팽이는 순간 가슴이 벅차올랐다. 꿈꾸기를 좋아하고 몽상을 즐긴다는 이유로 숲을 떠났지만, 고독했던 시간이 미지를 찾아가게 했다고 생각했다. 가만히 돌이켜보니 달팽이 세계를 떠나온 일로 아무도 원망할 필요가 없었다. 오히려 구루 달팽이에게 고마운 마음이 들었다. 생각의 차이가 존재의 차이를 만들 뿐, 누가 옳고 그르냐의 차원이 아니란 것을 달팽이는 여행을 통해 알게 되었다.

"나무들은 홀로 서서 별을 바라보며 별들의 맑은 소리를 듣고 있어. 별들이 내는 청아한 소리에는 시간이 없거든. 세상의 시간에는 무엇을 해야 한다는 의지가 쌓여 있지만, 가늠조차 할 수 없는 우주의 시간에선 때 묻지 않은 순결한 소리가 들려오지. 나무들은 그 소리 너머 풍경을 보며 스스로 빛을 내는 법을 찾고, 풍경 너머 소리를 나이테에 새기며 나무의 빛을 내거든.

하지만 나무들의 날개 없는 영혼이 비상하는 것을 배우려면 시간을 견디고, 고독에 침잠하며, 상처에서 새순을 밀어 올리는 법을 알아가야 해. 별이라고 나무라고 왜 고독과 상처가 없겠어. 별의 고독과 상처가 빛이고 나무의 고독과 상처가 꽃이야.

땅거미 지는 어슴푸레한 저녁이나 동트기 전 새벽하늘에서 반짝이는 샛별을 한번 올려다봐! 비너스라 불리는 그 행성은 태양계에서 가장 밝게 빛나지만, 그 빛은 황산 비와 유독가스로 빚어져 구름에 반사된 거야. 별은 생명체가 존재할 수 없는 공간에서조차 불멸할 것 같은 빛을 비춰주고 있지.

생의 불협화음을 깨고 찬란한 빛을 낸다는 것은 무엇일까? 난 고독이 빛을 성장시킨다는 것을 별을 보고 알았거든."

달팽이와 파란 코끼리의 대화를 가만히 듣고 있던 바오밥나무가 말했다. 달팽이와 파란 코끼리는 그의 말을 들으며 우주로 뻗은 바오밥나무 몸속을 여행한 것 같았고, 그가 나무의 우주처럼 지상에 뿌리내린 채 별들과 영적인 대화를 나누는 존재라는 것도 알았다.

"바오밥나무야, 나는 네가 방랑자들의 친구인 환한 별빛을 불러오고, 깊은 밤 꽃의 정령들과 별에 다녀온다는 이야기를 들은 적이 있어. 초원의 신령스러운 나무에게 말이야. 네가 생각하는 나무의 빛은 무엇이니?"

파란 코끼리가 물었다.

"한자리에 꿈쩍 않고 서 있는 나무의 빛은 꿈에서 빚어지거든. 꿈은 삶의 불안이나 불확실로부터 나를 지켜주는 빛이 되어주지. 빛은 가시적인 아름다움이고 꿈은 비가시적인 아름다움이야. 빛이 꿈에서 오는 이유는, 꿈이 나무의 정신이기 때문이지. 나무는 뿌리에서 우듬지까지 꿈을 생산하는 거대한 꿈 공장이야. 나무가 꽃을 피우고 열매를 맺는 건, 외롭고 고독해도 어두운 지하 세계의 빛나는 샘에서 맑은 꿈을 길어 올리기 때문이거든. 나무들이 빛을 찾고 꿈을 꿀 수 있는 힘이 무엇이라고 생각해?"

"……."

달팽이와 파란 코끼리는 무언가를 떠올리려 했지만 생각이 잘 나지 않았다.

"상실감이야."

"상실감이 생을 밀고 가는 힘이라고?"

달팽이는 오랜 친구인 바오밥나무의 말이 낯설게 느껴졌다.

"나무들은 자연에서 생명을 얻고 살아가지만 자연이 주는 상처를 견뎌내야만 해. 가지가 부러지고 뿌리가 흙 위로 드러나고, 심지어는 줄기가 비스듬히 기우는 중심의 상실감에서조차 생의 의지를 다지고 영감을 받는 거야. 나무들은 현실의 상실감을 꿈에 대한 동경으로 바꿀 줄 알거든. 꿈의 세계에서 빛을 동경하고 그 빛을 나무만의 빛으로 남기면서, 나무들은 어떻게든 살아갈 수 있어."

달팽이와 파란 코끼리는 바오밥나무의 말을 들으며 침묵했다. 가만히 침묵하는 것만으로도 선해지는 시간을, 그들은 나무의 빛을 보며 느끼고 있었다.

"꽃 피는 바다별을 찾아간다고 했지?"

"응!"

"먼 길을 갈 땐 마음으로 바다 소리를 들으려 해봐!"

"눈으로 찾지 말고 귀로 들으려 말고, 마음으로?"

"그렇다네! 코끼리는 240킬로미터 떨어진 곳이라도 빗소리를 감지하고 물을 찾아가거든. 코끼리만의 생존 전략이지만, 마음으로 들으려 하기 때문에 그 먼 곳을 예감할 수 있는 것이기도 해. 수백 킬로미터 거리의 폭풍우를 감지할 수 있는 것도 마음의 귀가 열려 있기 때문이야."

"마음의 귀?"

"응. 마음의 귀! 너는 꿈꾸기를 좋아하고 몽상을 즐기는 달팽이니까 마음의 귀를 열 수 있을 거야. 몽상은 머리가 아니라 마음의 귀로 하거든. 마음의 귀가 열려야 보고 들을 수 있으니까. 진정한 몽상가란, '실제로 일어난 일에 대해 말하는 것이 아니라 일어날 수 있는 일에 대해 말하는 것'*이니까. 달팽이야, 너처럼 꿈을 찾아 꽃 피는 바다별을 찾아가는 방랑은 별을 따는 것 같은 불가사의를 우리 앞에 펼쳐 보이는 일이야. 너의 여행에도 꽃이 피길 바라."

"고마워, 파란 코끼리야! 너로 인해 내 마음의 귀에도 꽃이 필 것 같아. 부디 대초원별을 찾아가는 네 여행길에도 꽃이 피기를⋯⋯."

대초원별을 찾아가는 파란 코끼리 마음에도, 꽃 피는 바다별을 찾아가는 달팽이와 바오밥나무 마음에도 노란 모과빛 희망이 차오르고 있었다.

---

* 아리스토텔레스, 플라톤, 디오니시우스 롱기누스, 『시학』, 천병희 옮김, 문예출판사, 2002.

바람 구두 신은 난쟁이와 장미별

난쟁이는 자기가 사는 별이 너무 좁다고 생각했다.

그가 사는 별에는 바람 구두 가게와 상처받고 다친 꽃들을 돌보는 꽃 수선집, 소리 없는 음악을 작곡하는 음악가, 무지개로 국수를 만드는 국숫집, 꿈을 만드는 수학자, 양심 없는 시인이 너무 많다며 시를 버리고 다른 별로 간 시인의 텅 빈 오두막이 전부였다. 더 넓은 세상이 보고 싶어 낯선 별을 찾아가기로 한 그는 바람 구두 가게에서 날아다니는 빨간 구두를 샀다.

장미꽃으로 만들어진 빨간 바람 구두는 바람이 불 때마다 향기가 났다. 구두코는 달팽이 껍데기처럼 작은 원을 그리며 말려 올라갔고, 뒤꿈치에는 초록 잎사귀 날개가 달려 있었다. 바람 구두를 신으면 뭉게구름처럼 하늘을 둥둥 떠다닐 수도 있고 종달새처럼 날아오를 수도 있었다.

난쟁이는 열심히 날기 연습을 했다. 처음엔 지붕 위로 날아오르고, 작은 강을 따라 비행하다가 야트막한 산을 넘기도 했다.

때론 비행에 서툴러서 바위에 부딪칠 뻔했고, 나뭇가지에 걸려 온몸이 상처투성이가 된 적도 있는가 하면, 땅으로 곤두박질쳐 목숨을 잃을 뻔도 했다.

어떤 어려움도 그의 열정을 막지 못했다. 바다 위를 날기 위해선 갈매기에게, 먼 나라를 여행하기 위해선 철새들에게 기류 타기도 배웠으니까. 이젠 륙색만 꾸려 길을 떠나면 됐다. 드디어 하늘로 올라가는 날, 난쟁이는 빨간 바람 구두를 신었다. 바람결이 난쟁이의 몸을 사뿐히 들어 올렸다.

해거름 지는 들녘에 비늘구름 깃들고, 오색 빛으로 물든 하늘은 여신이 덮는 이불처럼 신비로웠다. 북두칠성이 인도하는 길을 따라가다 잠시 쉬어가는 보라별에서, 난쟁이는 꽃 피는 바다별을 찾아가는 달팽이와 바오밥나무를 만났다.

"안녕."

난쟁이가 인사를 건네자 달팽이와 바오밥나무도 반겨주었다. 셋은 오랜 친구들처럼 이야기꽃을 피웠고 별을 찾아간다는 생각에 조금 들떠 있었다. 난쟁이가 보고 싶은 별은 장미성운이었다.

"장미성운에 가보았니?"

"장미성운?"

달팽이와 바오밥나무에게는 생소한 곳이었다.

"장미성운은 장미처럼 붉은 별들이 수없이 태어나는 별 알이거든."

호기심 많은 달팽이와 바오밥나무도 장미별들이 보고 싶어 난쟁이를 따라나섰다. 지구별에선 장미가 3천만 년의 역사를 지녔다는데, 매혹적인 이 꽃의 고향이 혹시 장미성운은 아닐까 하고 달팽이는 생각했다.

장미성운의 한 장미별은 할아버지별이었다. 장밋빛 얼굴의 할아버지별은 수십억 년 동안 별에 모아둔 것 때문에 깊은 고민에 빠져 있었다. 태양만 한 크기의 늙은 장미별은 머지않아 큰 폭발을 일으켜 아주 작은 별이 된 다음, 차가운 우주 공간 속으로 사라질 운명이었다. 태양보다 훨씬 큰 별들은 폭발 후 한없이 수축되어 빛도 빠져나오지 못하는 블랙홀이 되기도 한다. 바로 장밋빛 할아버지별의 엄마별이 그랬었다. 장밋빛 할아버지별은 그래서 고민이 이만저만이 아니다.

"무슨 걱정이 있으신가요?"

수심 가득한 할아버지별을 보고 바람 구두 신은 난쟁이가 물었다. 달팽이도 할아버지별의 고민이 궁금했다.

"사랑 때문에……"

장밋빛 할아버지별이 대답했다. 그는 사랑을 어찌할까 궁리 중이었다. 외계인들이 쓰레기 더미 속에 버린 사랑을 장밋빛 할아버지별이 수집해 이곳에 쌓아두었던 것이다. 그러니까 장미성운의 별들은 억겁의 우주에서 버려진 사랑을 수집해 모아둔 '사랑수집소별'이었다.

"내 별을 가득 채운 사랑의 빛깔들 좀 봐! 저 사랑들은 태양계 별에서 주운 거야. 그 어떤 보석보다 영롱하지? 그 어떤 은하수보다 아름답지? 그런데 사랑에는 사연들이 아주 많단다."

"어떤 사연들인데요?"

달팽이가 물었다.

"지금은 저렇게 빛나지만 저 사랑들은 부서지고, 찢기고, 병들고, 상처투성이인 채로 버려졌었지. 그런데 어떻게 반짝이는 사랑으로 변신했을까?"

"……"

아무도 대답하지 못한 채 장밋빛 할아버지별을 쳐다보았다. 달팽이는 너무 어려운 질문이라고 생각했다. '망가질 대로 망가지고 버려진 사랑들이 어떻게 사랑의 빛깔로 다시 태어났을까. 그건 마법사만이 할 수 있는 일이야.' 바오밥나무 역시 사랑의 변신은 불가능하다고 생각했다. '더구나 폐기물이 된 사랑이잖아.' 바람 구두 신은 난쟁이는 불가사의하다는 표정을 지었다. 침묵 끝에 장밋빛 할아버지별이 입을 열었다.

"간직하는 것이라네."

"네?"

달팽이와 바오밥나무와 바람 구두 신은 난쟁이는 이해되지 않는다는 듯 말꼬리를 올리며 동시에 말했다.

"무엇을요?"

"부서지고,

찢기고,

병들고,

깨지고,

상처투성이인 채로,

사랑을,

간직하는 것이라네."

달팽이와 바오밥나무와 바람 구두 신은 난쟁이는 갑자기 마음이 먹먹해져왔다. 무엇 때문인지 모르겠지만 가슴이 아려왔다. "간직하는 것"이라는 말이 비수처럼 날아와 박혀 숨 막히는 전율이 느껴졌다.

"간직하다 보면 빛나는 게 사랑이거든. 고귀한 순결함은 간직하는 것이지. 상처투성이인 채로 간직하다 보면, 사랑은 저 스스로 빛을 내는 고귀한 위대함이 있거든. 그런데 우주에는 버려진 사랑이 너무 많아……"

장밋빛 할아버지별은 우주의 비밀을 이야기해주었다.

"우리 은하계에서 250만 광년 떨어진 안드로메다은하에 가보면 외계인들이 버린 사랑이 우주를 덮고 있지. 안드로메다은하는 상상으론 가늠하기 어려울 만큼 거대하고 광휘로운 별들의 우주이지."

달팽이와 바오밥나무와 바람 구두 신은 난쟁이는 눈부신 햇살 아래 숨소리도 크게 낼 수 없었다.

"버려진 사랑이 우주를 덮을 만큼 많다고요!"

장밋빛 할아버지별은 사랑을 버린 이들의 어리석음과 모순됨에 대해 말을 이어갔다.

"가을밤이면 지구별에서는 맨눈으로도 어렴풋이 안드로메다은하를 볼 수 있단다. 그런데 말이야, 사람들은 자신이 버린 사랑이 저렇게 거대한 은하수가 되어 빛나는 걸 모르고 아름답다고 감탄하거든!"

밤하늘을 수놓던 은하수가 아주 오래전부터 현재까지 사람들이 버린 사랑이라니!……

"여보게, 은하계에는 2천억여 개 별들이 광휘로운 소용돌이를 이루며 돌고 있다네. 한 바퀴 도는 데 무려 2억 년이나 걸리지. 외계인들의 셈법으론 이 장대한 시간의 깊이를 감당하기 어렵겠지만……"

달팽이는 장밋빛 할아버지별의 추억을 안고 떠나면서 우주엔 신비한 사연을 간직한 별들이 많다는 것에 새삼 놀랐다. 먼 훗날 밤하늘의 별을 쳐다보면 '사랑수집소별'들이 먼저 생각날 것 같았다. 누구에게나 마음을 들춰보면 바위처럼 굳어버린 사랑이 한둘쯤 있다. 누구에게나 마음을 열어보면 샛별처럼 아스라한 사랑이 반짝이고 있다. 달팽이는 그 마음을 쓰다듬으며 별을 보고 있다.

장미성운의 장밋빛 할아버지별은 어떻게 되었을까? 우주 한 쪽을 은하수로 수놓던 그 많은 사랑은 또 어떻게 되었을까?

2부

대마젤란은하의 벌레구멍별과 설렘 상자

광막한 우주에는 모든 별을 집어삼키는 블랙홀이 있는가 하면 수십억 년 후에 집어삼킨 별들을 다시 우주 공간으로 토해내는 구멍, 화이트홀이 있다.

뿐만 아니라 블랙홀과 화이트홀을 잇는 통로인 웜홀도 있다.

외계인들이 상상할 수 없는 속도로 별과 별을 오가는 것도 우주 공간의 지름길이라 할 수 있는 웜홀을 이용해 인터스텔라, 즉 성간星間 우주를 여행하기 때문이다. 부엉이별에 사는 생명체가 접시 비행기를 타고 아벨2744 은하에서 퀘이사 은하로 여행할 때면 웜홀SK1018을 이용하고, 모과별에 사는 누군가가 검은 눈 은하에서 솜브레로 은하로 여행할 때면 웜홀M86을 이용한다.

지구에서 16만 3천 광년 떨어진 곳에는 대마젤란은하가 있다. 우리은하와 이웃인 대마젤란은하는 남반구 밤하늘에서 희미한 구름 형태로 보인다. 약 300억 개의 별로 이루어져 있는 이 은하에는 지구와 환경이 같은 별이 9억 9만 9천 999개나 존재하고 있다.

그중에서도 벌레구멍별은 지구와 쌍둥이별로 지구보다 천 년 늦게 생겨났다. 지구에서 천 년은 매우 긴 시간이지만, 우주 시간으로 천 년은 눈 깜박할 만큼 아주 짧은 순간에 불과하다. 재미있는 것은 벌레구멍별의 문명 역시 지구보다 천 년이 뒤져 있다는 점이다. 그래서 지구인들은 지구에서 사라진 진귀한 것들을 찾기 위해 웜홀B0213 통로를 이용해 벌레구멍별로 여행을 간다.

달팽이와 바오밥나무는 이 별이 동화 속 왕국 같다는 생각을 했다. 사람들은 순수했고 한결같이 선했다. 원시적 푸르름을 간직한 짙은 에메랄드빛 하늘이 별을 감싸고 있었다. 맑은 대기는 통통 튀어 오를 것 같았고, 숨을 들이켤 때마다 신선한 공기가 바늘 끝처럼 날카롭게 목구멍을 찔렀다. 달팽이와 바오밥나무는 장터에서 신기한 것들을 만져보며 즐거운 시간을 보냈다.

벌레구멍별의 산언덕 한 평 남짓한 점방에선 파란 하늘과 흰 구름이 손에 잡힐 듯했다. 초가지붕 위로는 꽃 핀 연필향나무가 자라고, 촛불 켜진 방에서는 한밤중에도 무엇인가 만드는 소리가 났다. 점방에서 제일 넓은 곳은 마당으로 할미꽃, 채송화, 분꽃, 나팔꽃, 봉숭아, 메꽃, 과꽃이 계절을 먼저 싣고 왔으며 장독대에 핀 분홍빛 작약은 발그레한 아이 볼처럼 예뻤다. 점방 문 앞에는 이런 글이 붙어 있었다.

"당신이 잃어버린 '설렘'을 찾아드립니다."

사람들은 이 집을 '설렘을 파는 점방'이라고 불렀다. 벌레구멍별 아이들은 이곳을 제집 드나들듯 하며 소꿉놀이도 하고, 꽈리를 따서 불며 장난도 치고, 줄넘기 놀이도 하며 시간 가는 줄 모르게 지냈다. 점방 주인은 아이들과 함께 술래잡기도 하고 자치기도 했다. 점방 주인이 꽃밭에 꽃씨를 심으면, 아이들은 개울에서 물을 떠 와 물뿌리개로 물을 주며 행복해했다.

달팽이와 바오밥나무는 점방 앞에 똬리를 튼 뱀처럼 구불구불 늘어선 줄을 보고 깜짝 놀랐다. 줄을 선 이들은 모두 다른 별에서 왔고, 이 중에는 지구에서 온 사람도 꽤 많았다.

"무엇을 사러 오셨어요?"

달팽이가 묻자, 얼굴이 1미터나 되도록 길쭉한 외계인이 말했다.

"설렘을 사러 왔어요."

"설렘이라고요?"

"네."

그는 무덤덤하고 무표정한 얼굴이었다.

"무엇을 사러 왔는지요?"

바오밥나무가 묻자, 지구에서 온 선글라스 쓴 사람들이 대답했다.

"설렘이요!"

달팽이와 바오밥나무는 설렘이란 말이 낯설게 들렸다. 왜냐하면 벌레구멍별에선 펄떡거리는 고등어처럼 싱싱한 설렘이 사람들 마음마다 가득했기 때문이다. 지구를 포함한 많은 별에서는 설렘이 사라진 지 오래라고 했다. 설렘을 잃어버린 별은 사막처럼 황폐해졌으며, 상상력과 아이디어마저 고갈되어 설렘을 서로 차지하려고 다툰다는 것이다. 어느 별에서는 만년설 덮인 산정이나 심해, 산티아고데콤포스텔라의 순례길 바위 밑에 잠든 설렘을 찾기 위해 설렘 탐사대를 보낸다고도 했다.

줄을 선 외계인들은 인형처럼 아무 감흥이 없어 보였다.

동구 밖 당산나무 지나 산모롱이 개여울까지 늘어선 그들은 하나같이 무엇인가에 두 눈을 박고 고개 숙인 채 서 있었다. 꽃향기를 맡아도 설렘이 없으니 향기가 느껴질 리 없었다. 석고상처럼 굳은 표정으로 터치스크린만 뚫어져라 보는 생명체들은 죽은 시간을 거두러 온 저승사자 같았다.

이렇게 무표정한 외계인들 위로 거대한 쇼윈도만 씌운다면, 어느 대지 예술가가 대지에 만든 웅대한 설치 작품처럼 보일 것이다. 그 작품에 제목을 짓는다면 아마도 '불가사의'라든지 '화석'이라든지, '재미있는 외계' 또는 '바보들의 행진'이 아닐까? 혹은 에디트 피아프의 샹송 「아니, 나는 아무것도 후회하지 않아요Non, Je Ne Regrette Rien」처럼 좀 엉뚱한 제목이 붙을지도 모른다.

"하긴. 사는 것만 한 불가사의가 어디 있고, 사는 것만 한 전위예술이 또 어디 있을까. 산다는 건 영원한 미완성의 실험 작품이잖아."

달팽이는 터치스크린을 보며 길게 줄을 선 이들을 향해 중얼거렸다.

설렘을 사러 온 외계인들은 다양한 모습이었다. 별빛을 잊어버린 사람, 꽃향기를 맡지 못하는 사람, 달이 떴는지 모르는 사람, 시간의 꽁무니에 채여 시간이 없는 사람, 아침 햇살의 냄새를 잃어버린 사람, 종이 위에서 사각거리는 연필의 이야기를 듣지 못하는 사람, 도시 가로수에서 매미의 허물을 보지 못한 사람, 설렘이란 단어까지 먹어치운 사람, 시 한 줄 읽지 못한 사람, 말 같지 않은 말만 하는 사람, 바위의 침묵을 모르는 사람, 나무를 쓰다듬어보지 못한 사람, 노을에 물들어보지 않은 사람, 설렘을 도둑맞은 사람……

'설렘을 잊고 사는 사람들의 설렘은 누가 가져간 것일까? 사는 데 지쳐 잃어버린 것일까? 자신도 모르게 슬그머니 강물에 설렘의 손을 놓아버린 것일까? 아니면 설렘은 항상 있는 것이니 나중에, 나중에, 나중에 하다가 영원히 설렘이 떠나간 것일까?' 달팽이와 바오밥나무는 설렘을 잃고 사는 외계인들이 많은 걸 보곤 생각에 잠겼다.

"자! 설렘 상자를 받으세요!"

설렘을 파는 점방 주인은 길게 늘어선 줄 앞에서 설렘이 담긴 상자를 하나씩 나눠 주었다.

공짜였다.

공짜란 말에 바오밥나무도 얼른 줄을 섰다. 한참이 지나서야 바오밥나무도 드디어 설렘 상자를 받았다.

"자, 이건 바오밥나무님 설렘 상자랍니다!"

점방 주인이 상자를 건넸다. 바오밥나무뿐만 아니라 설렘 상자를 품에 안은 이들은 설렘의 감정을 주체할 수 없었다. 사람들은 설렘 상자 안에 어떤 진귀한 보물이 들어 있을지 상상하며, 마치 꿈이 이루어진듯 즐거운 표정을 지었다.

바오밥나무는 소풍 가는 아이가 배낭을 열어보듯 설레는 마음으로 상자 끈을 풀었다. 호기심 많은 달팽이도 두 눈을 크게 뜨고 궁금한 표정으로 지켜봤다.

그런데 상자는 텅 비어 있었다.

바오밥나무는 깜짝 놀라 상자 안을 다시 보았지만 아무것도 없었다. 달팽이도 어리둥절한 표정으로 상자 안을 살펴보았다.

"분명히 설렘이 있다고 했는데……"

바오밥나무는 혹시나 하는 마음에 상자를 거꾸로 들고 흔들어보았다. 역시 텅 비어 있었다. 그 순간, 무엇인가 톡! 떨어지는 소리가 들렸다. 들릴 듯 말 듯한 아주 여린 소리였지만 미세하게나마 느낄 순 있었다.

"어, 뭐지. 무엇인가 떨어진 것 같은데, 분명히 아주 작은 소리가 들린 것 같은데…… 뭘까?"

바오밥나무가 바닥을 자세히 살펴보니 좁쌀만 한 게 보였다.

"어, 이게 뭐지…… 꽃씨네!"

아주 작은 꽃씨였다. 잘 익은 햇살 받은 꽃씨는 갈색 보석처럼 빛났다. 견고해 보이기도, 한없이 여린 숨결을 품고 있는 것처럼 보이기도, 먼지 같아 보이기도 하는 꽃씨는 어디선가 불어온 미풍에 꿈틀거렸다.

달팽이는 순간 꽃씨가 숨을 쉰다고 생각했다. 꽃씨 속의 숨결이 햇빛과 이야기하는 것이라 여겼다. 생명을 실어 나르는 바람과 바다의 신비한 문을 여는 달빛과 먼 길 가는 사람들의 고독과 벌레와 꽃, 동물들에게 등대가 되어주는 별빛하고도 꽃씨는 이야기를 나눌 것이라고 달팽이는 믿었다.

설렘을 파는 점방 주인은 아이들과 상자 안에 꽃씨 하나를 넣어 설렘 상자를 만들었다. 설렘을 찾아 대마젤란은하의 벌레구멍별까지 날아온 외계인들에게 설렘 상자를 하나씩 나눠 주었다.

바람의 심장과

나무의 영혼과

빗방울의 눈물에도

설렘은 있고

흙 묻은 신발과

장미의 환상과

순수를 딛고 날아오르는 새들의 의지에도

별을 산책하는 명상의 발걸음에도

설렘은 있다 그러나

설렘 상자에는

설렘이 없다

설렘은

거룩한 결핍

달콤한 고통

눈물 젖은 꿈

에서

움트고 있으니까.

황금방망이 꼬리털여우

황금방망이 꼬리털여우를 만난 것은 재미있게 생긴 별에서다.

이 별은 희한하게도 여우 굴처럼 생겼다. 들녘에는 물오른 나무들이 금방이라도 파란 꽃을 내밀 것 같았다. 강물에서는 싱그러운 초록 풀 냄새가 났다. 논두렁을 걸어가는 새끼 염소 위로 종달새가 높이 날아오르고, 강아지는 이리저리 밭을 뛰어다녔다. 물에서 올라온 엄마 오리 꽁무니를 따르는 아기 오리 아홉 마리가 종종거리며 봄 냄새를 맡고, 나비는 수선화에 앉아 햇살을 즐겼다. 달팽이는 소나기 지난 뒤 산등성이에 걸린 무지개를 따라 길을 걸어갔다. 야트막한 봉우리를 넘자 황금방망이 꼬리털여우가 보였다.

여우는 햇빛 비치는 동굴에서 사색 중이었다. 3할의 빛과 7할의 어둠에 잠긴 작은 굴에서, 눈을 지그시 감고 명상하는 여우의 황금빛 몸에서는 불가사의한 침묵이 느껴졌다. 캄캄한 어둠 속에서도 황금방망이 꼬리털여우는 반딧불이처럼 반짝일 것 같았고, 노을 물든 해당화처럼 신비한 붉은 빛깔이 빛나고 있었다.

그는 이 별에 사는 신성한 정령 같았다. 상처 입은 카멜레온과 꿈을 잃은 다람쥐와 날개 꺾인 해오라기, 열매 맺지 못하는 보리수나무가 찾아와 하소연하면 지혜 깊은 말을 들려줄 것 같았다. 황금빛 아우라가 느껴지는 여우는 방망이 꼬리털에 보석을 숨겼는지, 빛의 실타래를 품고 있었다.

달팽이는 속으로 '아, 참 따뜻한 고독이다!'라고 생각하며 명상이 끝날 때까지 가만히 따라 해보았다. 눈을 감았건만 시간이 지나는 게 보이는 것 같았고 마음이 평화로워졌다. '나는 어디서 와서 어디로 가고 있지? 나는 누구지?' 하는 물음이 어둠 속에 던져졌고, 답을 찾기 위해 지난 삶을 돌아보는 힘이 생겨났다.

시간이 얼마나 지나갔을까. 햇살은 또 얼마나 눈부셨을까. 오랜 시간의 파도가 줄지어 달려왔다 부서지곤 다시 밀려왔다. 달팽이 마음속 시간의 주름에 웅크려 있던 물먹은 실뭉치 같은 게 순간 햇빛에 가벼워져 실오라기 하나 풀어졌다. 달팽이는 숲을 떠나오며 자신도 모르게 응어리졌던 마음 한구석에 균열이 일어나는 것을 어렴풋이 느꼈다. 미풍에 실려 온 무꽃 향기가 작은 동굴에 숨어들어 어둠마저 환하게 만들고 있었다.

"누가 온 게로구나!"

"명상이 끝나셨네요, 황금방망이 꼬리털여우님!"

"달팽이와 바오밥나무?"

"네, 맞아요."

"먼 곳에서 왔구나."

"저희가 다른 별에서 온 걸 어떻게 아시죠?"

"별은 저마다의 향기와 색깔을 갖고 있거든. 생명체들이 살아가는 것도 별이 내뿜는 강한 기운 덕분이니까. 별을 바라보면 마음의 상처가 아무는 것도 별이 내 안에 들어와 빛을 뿌리기 때문이지."

"바라보기만 해도?"

"바라보기만 해도!"

"왜 그렇죠?"

"바라보니까!"

"무슨 소린지 잘 모르겠어요."

달팽이는 여우의 말을 이해하기 어려웠다.

"이해하려 하지 말고 마음으로 느껴봐."

여우는 왜 마음으로 느끼기보다 머리로 받아들이려 하는지 이해가 안 간다는 듯 엷은 미소를 지었다.

"'바라본다'에는 '나는 생각한다'라는 말이 들어 있단다. 꽃을 바라보면 꽃 한 송이가 마음에 피고, 산을 바라보면 산 하나가 마음에 들어서고, 새를 바라보면 새의 날갯짓이 마음을 날아오르게 하는 것처럼, 별을 바라보면 별이 마음에 빛을 뿌리거든. '바라본다' '나는 생각한다'에는 내가 꽃을 피우려 한다는 의지가 깃들어 있으니, 꽃이 피는데 어떻게 상처인들 아물지 않겠어?"

"이렇게 쉬운 걸 고민했다니……"

달팽이는 숲속의 몽상가답게 여우의 말을 마음으로 느꼈다.

"황금방망이 꼬리털여우님, 명상은 왜 하세요?"

명상하는 걸 처음 본 달팽이는 명상이 신기해 보였다.

"명상은 침묵으로 마음을 봉쇄해 고독한 나를 만나는 일이야. 명상을 하는 마음에는 은하만 한 공간이 생기거든. 마음의 은하 그 어딘가에서 반짝이는 별 하나를 찾는 게 명상이야. 엄숙한 고독 속에서조차 느낄 수 없는 숭고한 고독을 느끼려는 게 명상이지."

"그럼 황금방망이 꼬리털여우님은 숭고한 고독을 만나보았나요?"

여우는 인자한 눈빛으로 달팽이를 한참 동안 바라보았다.

"숭고한 고독은 별에도 있고 햇빛과 나뭇잎과 천둥 번개에도 있고 네 안에도 내 안에도 있단다. 껍질을 깨고 나오는 데 시간이 필요할 뿐이지."

"긴 침묵의 시간이겠어요."

"무엇인가 깨고 나온다는 건 침묵의 강을 건너는 일이지. 넌 카르투시오별에 대해 들어봤니?"

달팽이는 처음 들어보는 말에 어리둥절했다.

"그 별은 수도사들의 별인데 살아가는 동안 침묵의 언어로만 대화를 하지. 침묵이 소리인 셈이야. 햇빛만 겨우 드는 수도원

골방에서 묵상 중인 수도사를 생각해봐. 진리란 숭고한 고독과 침묵의 언어에 숨어 있는 것!"

"명상은 침묵의 소리를 듣는 일이군요, 여우님. 하지만 너무 외로운 시간이겠어요."

"외롭다기보단 수수께끼 같은 신비한 시간이지."

"외로우니까 수수께끼 같은 신비한 시간이 오겠어요!"

황금방망이 꼬리털여우는 숲속의 몽상가 달팽이가 재미있는 친구라고 생각했다. 그들은 해 뜨는 숲 야트막한 동굴에서 나와 해 지는 초원을 거닐며 살아온 이야기를 나눴다.

"황금방망이 꼬리털여우님! 꽃 피는 바다별은 어디쯤 있을까요?"

"꽃 피는 바다별? 그곳은 시간과 공간을 뛰어넘는 유토피아 같은 곳이지."

황금방망이 꼬리털여우가 말했다.

"시간과 공간을 뛰어넘는 유토피아…… 그게 무슨 뜻이죠?"

"유토피아란 네 마음이 꿈꾸는 곳, 네 희망이 그림을 그리는 곳이야."

"우와, 희망이 그림을 그리는 곳이라고요! 그럼 꿈이 현실로 이뤄지는 게 유토피아란 말이군요?"

"그렇단다. 누구든 제 마음속엔 유토피아가 들어 있지만 마음의 눈으로 보려 하지 않을 뿐이지…… 넌 꿈을 꾸는 달팽이니까 마음의 눈으로 유토피아를 잘 찾아보도록 하렴."

"마음의 눈이요?"

"그래, 마음의 눈! 모든 생명체에게는 마음의 눈이 있단다. 산이나 강, 나무, 꽃, 사람, 벌레처럼 눈으로 볼 수 있는 형상 말고, 투명한 공기 속에 숨어 실재하는 유토피아를 볼 수 있는 마음의 눈 말이다."

"그런데 왜 마음의 눈을 뜨지 못하나요?"

"잘 들으려 하지 않기 때문이지. 이기심은 자기 마음 안에 매트릭스 세계를 만들거든. 진짜라고 믿지만 어떤 실체도 존재하지 않는 매트릭스 세계 말이야. 매트릭스 세계를 넘어서려면 마음의 본체, 즉 심안心眼을 떠야 한단다. 마음의 눈이란 본질을 보는 눈이란다. 현재 보이는 물物이 아니라, 우리 인식이나 주관과는 관계없이 그 자체로 존재하는 물物의 본체, 즉 물자체라는 본질을 볼 수 있는 눈을 떠야 해. 물자체는 마음의 눈으로만 보이는 이데아라고도 할 수 있지."

"그럼 심안은 어떻게 떠야 하나요?"

가만히 듣고 있던 바오밥나무가 호기심 어린 표정으로 물었다.

"음, 어려운 일이지. 시간과 공간 속에 존재하는 것들을 심안으로 보려면, 자신을 말뚝에 얽매지 말고 공기처럼 가벼워져야 해. 네 안에는 무수히 많은 말뚝이 박혀 있거든. 스스로를 얽매지 않아야 가벼워질 수 있지. 바오밥나무야, 바람을 본 적 있니?"

"……"

바오밥나무는 숱하게 바람을 맞고 바람과 이야기를 나눴지만 본 적은 없었다.

"바람이 죽음의 강 에리다누스를 건너 저승에서 펼쳐지는 「죽음의 무도」*에까지 초대받을 수 있는 것은 가벼워 어디든 갈 수 있기 때문이야. 원래 만물의 본체는 볼 수도 들을 수도 없는 인식을 초월한 존재이므로, 마음을 비움으로써 심안을 뜰 수 있단다."

"황금방망이 꼬리털여우님은 동굴의 철학자시네요."

약속이라도 한 듯 달팽이와 바오밥나무가 동시에 말했다.

"무한한 우주에서 시간 여행을 하는 삶은, 그것이 달팽이든 바오밥나무든 여우든 꽃이든 사람이든 모두 철학자가 되게 해주지. 철학이란 나를 비추는 거울이거든. 철학자는 점성술사처럼 밤하늘을 우러러 별을 세며, 저 광막한 우주에서 먼지 한 점만도 못한 삶에 의미를 부여하고, 탐험가처럼 정신의 바다를 모험하지. 달팽이야, 바오밥나무야, 철학자란 대단한 것이 아니라 '자기 자신이 감사 입은 것을 표시'**하는 자란다.

---

*　카미유 생상스가 1870년대에 상징주의 시인 앙리 카잘리스Henri Cazalis의 시를 바탕으로 작곡한 교향시.

**　'자기 자신이 감사 입은 것을 표시한다Sichverdanken'는 말은 하이데거가 사

은하수뿐만 아니라 새벽녘 아스라이 반짝이는 별로부터, 나무로부터, 천둥 번개로부터, 흐르는 강물로부터, 꽃으로부터, 벌레로부터, 바람과 공기로부터…… 감사 입은 것을 감사하는 마음으로 말하는 존재지. 그러니 우리는 누구나 철학자란다."

"아! 그럼 저도 자연에 감사 입은 마음을 표시하며 삶에 의미를 부여하고 낯선 길을 여행 중이니 길의 철학자네요."

달팽이가 말했다.

"그렇지, 너는 아주 멋진 철학자구나. 길의 철학자, 길 위의 철학자!"

달팽이는 누군가 자기를 이해하고 어떤 의미를 부여해준다는 게 고마웠다. 사실 달팽이의 내면 저 밑바닥에는 이해받지 못해 생긴 상처가 서리 내린 것처럼 남아 있었다.

"아 참! 내 정신 좀 봐라. 꽃 피는 바다별을 찾아간다고 했지? 한참을 더 가야 하는 먼 곳인데 거기까지 왜?"

"파란별을 찾아가려고요. 얼마 전 우주에서 파란별 하나가 떨어졌는데, 꽃 피는 바다별로 떨어졌다고 들었거든요."

"파란별이라, 파란별! 파란 꽃이 진 게로구나."

"꽃이 아니라 별이요!"

유에 관해 언급하며 근원적인 감사로서 '게당크Gedanke'를 말할 때 사용했지만, 이 글에서는 철학자의 의미로 전용해 썼다. 마르틴 하이데거, 『시간개념』, 김재철 옮김, 길, 2013 참조.

"우주에서는 별을 꽃이라고도 한단다. 시간과 공간, 생성과 소멸을 초월하는 우주는 삶과 죽음이 분리되지 않고 무無가 영원 회귀하는 천체거든. 파란별, 그러니까 파란 꽃은 우주에서도 사랑을 상징하지. 사랑과 꿈을 찾는 이들에게 사랑의 진정한 의미를 느끼게 하는 별-꽃이지. 그 파란별이 꽃 피는 바다별로 떨어졌다고?"

"네!"

"네게 특별한 일이 있으려나 보다!"

달팽이는 기쁜 마음이 들었다. 여행길의 피로도 사라지고 다시 힘찬 걸음을 계속할 수 있을 것 같았다.

"고맙습니다, 황금방망이 꼬리털여우님!"

"조심히 가거라. 멀고 먼 여행길이 자신과 대화하는 순금의 시간이 되길……"

황금방망이 꼬리털여우와 작별한 달팽이와 바오밥나무는 서두르지 않고 여행을 즐겼다.

그림 없는 그림 전람회

여행자는 세상을 방랑하는 행성이다.

풍경이라는 궤도를 따라 돌면서 내면에 보이지 않는 빛을 그려가는 행성이 여행자이다. 자신은 빛을 내지 못하지만 누군가에게 끊임없이 영감을 샘솟게 하고 빛을 주는 존재가 여행자이다. 달팽이는 자신을 방랑하는 행성이라고 생각했다. 비록 지금은 빛을 내지 못하지만, 언젠가 스스로 빛을 내고 누군가의 별이 될 것이라 믿었다. 여행길에서 만난 풍경이 그를 진정한 여행자, 꿈을 실현하는 몽상가 달팽이로 만들어갔다.

달팽이들 세계에서 꿈꾸던 숲의 몽상이 관념적 유희였다면, 방랑하는 여행에서 꿈꾸는 길의 몽상은 실제적 유희다. 실제적 유희는 시공간 속에서 실제로 일어날 수 있는 일에 대해 눈뜨게 한다. 그는 여행길에서 펼쳐지는 다양한 풍경을 보며 삶의 신비를 알아가는 중이다.

달팽이와 바오밥나무가 닿은 곳은 화가가 사는 별이다. 그림

그리기를 좋아하는 달팽이는 화가가 어떤 그림을 그리는 사람일지 무척 궁금했다. 달팽이와 바오밥나무는 강을 지나 들을 질러 가는 도중 낯선 갤러리가 나타나자, 그림을 보며 잠시 휴식을 취하기로 했다. 갤러리 한편에는 '숲길에서 본 시간개념, 혹은 보이는 것은 보이지 않는 것'이란 알쏭달쏭한 제목이 적힌 플래카드가 걸려 있었다. 갤러리 여기저기 전람회를 알리는 포스터처럼 보이는 흰 종이가 붙어 있었다. 특이하게도 이곳은 노천 갤러리였다. 천장과 벽이 없는 갤러리에는 바람이 솔솔 불어오고 싱싱한 햇빛이 그림에 들이치고 있었다. 밤이면 별빛이, 달이 뜨면 환한 달빛이 쏟아질 것이다. 비라도 내리면 캔버스에 비가 지날 것이며, 눈발이 떨어지면 전람회장은 설국처럼 변할 것이다.

전람회장을 가득 메운 루트비히 판 쿤스트라는 화가의 그림은 하나같이 빈 캔버스였다. 길거리를 차지한 대형 그림이나 마을 집 지붕 위에 걸린 그림, 나무 위에 놓인 그림이나 귀퉁이에 있는 그림 역시 빈 캔버스였다.

"아니, 그림 없는 그림이라니! 왜 그림 없는 빈 캔버스죠?"

달팽이는 화가에게 항의 섞인 질문을 했다.

"그림에는 왜 꼭 그림이 있어야 하죠?"

화가도 심드렁한 표정으로 대답했다.

"그림에는 그림이 있어야 하는 것 아닌가요?"

"그림에는 그림이 없어도 되는 것 아닌가요?"

"풍경이나 형상이 있어야 그림이잖아요."

"풍경이나 형상이 없어도 그림이랍니다!"

달팽이는 그림의 당위를 말했고 화가는 그림의 당위는 없다고 말했다.

"예술의 당위는 존재하지 않아요. 예술은 도덕적 의무가 아니거든요. 예술은 들녘의 꽃이나 나무들처럼 저 스스로 자라 씨앗의 숨을 열고 꽃을 피우며 열매를 맺지요. 예술은 자연 속 대지의 숨 같은 것이에요. 숨이 멈추면 생명이 죽듯 예술은 자유로운 새 같은 것이에요. 새가 정해진 길을 따라 날아오르는 걸 보았나요? 새는 자유로운 비상을 통해 새가 되고 예술은 자유로운 상상을 통해 예술이 되죠."

"아니, 그래도……"

달팽이는 여전히 이해되지 않는다는 표정을 지었고, 빈 캔버스만 있는 그림은 무언가 미덥지 못하다는 말투였다.

"당신의 예술은 그림에 침을 뱉는 퍼포먼스인가요?"

"예술은 부정적 쾌快를 통해 예술 자신을 정화하지요. 예술은 불가능한 것을 미적으로 보여주는 것이에요. 삶도 마찬가지 아닐까요? 불가능한 것에 부단하게 틈을 내어 씨앗을 심고 돌에서 꽃을 피워내는 일이 삶 아닐까요? 예술이란 삶의 자장에 있지만, 그것을 초월하고 불완전한 삶의 내면에 잠든 씨앗의 숨을 터주는 일이에요."

달팽이는 화가의 말에 수긍하면서도 그를 전위적이라고 생각하며 다시 한마디 툭 던졌다.

"당신은 예술에서 반란을 꿈꾸는 반란의 전문가 같군요."

"우리는 모두 삶의 반란을 꿈꾸는 반란의 전문가예요. 반란을 꿈꾸지 않는 삶도 있나요?"

"……!"

달팽이는 화가의 되물음에 말문이 막혔다. 무언가 말하고 싶었지만 입이 떨어지지 않았다. 가만히 보면 자신 역시 달팽이들의 세계에서 반란을 꿈꾼 게 아닐까, 어렴풋이 그런 생각이 들었다. 그땐 몰랐지만, 구루 달팽이와 생각이 달랐던 것도 그런 이유 때문이었을까? 달팽이는 그림 없는 그림이 어쩌면 자기 생에 각인된 ❓의 실마리를 풀어줄 수도 있을 것 같다는 예감이 들었다.

"그럼 당신이 꿈꾸는 예술에서의 반란은 무엇인가요?"

"정신의 외침이지요."

화가의 대답은 짧고 명징했다. 달팽이는 정신의 외침이란 말에 망치로 얻어맞은 듯한 충격을 느껴 한동안 말을 잇지 못했다.

"그림 없는 그림을 통해 보여주고 싶은 것은 무엇인가요?"

옆에 있던 바오밥나무가 끼어들었다.

"무無예요."

"무無라고요?"

"네. 존재하는 무無라고 할까요?"

"조금 쉽게 말해주세요."

"시간이 지날수록 서녘으로 기울어가는 해는 캔버스에 다시 돌아오지 않을 흔적을 남길 거예요. 갤러리에 차오르는 찬란한 햇빛을 상상해보세요. 이른 새벽녘부터 노을이 질 때까지, 노을이 지고 어둠에 물들 무렵까지, 어둠 속에서 별이 밝아오면 그림에 담길 별빛의 이야기와 달이 뜨면 달빛이 그릴 무형의 색채까지, 박명薄明의 시각에 희미하게 남겨진 밝음마저 캔버스에 그림을 그리지 않겠어요? 시시각각 흔적을 남기곤 자취도 없이 사라지는 것들을 보고 느낄 수 있는 이는 진정으로 삶을 사랑하는 자일 거예요.

먹구름이 몰려오면 먹구름이 빈 캔버스를 물들일 것이고 다시 그 자리에 비가 내릴 거예요. 캔버스에 후드득후드득 떨어져 쌓이는 빗줄기는 또 얼마나 고울까요? 바람의 흔적, 바람이 바람꽃을 피운 흔적을 캔버스에서 찾아보세요. 눈이 내린 뒤 대지가 꽁꽁 얼어붙으면 캔버스에 결빙된 고드름을 찾기란 그리 어렵지 않을 거예요. 캔버스에 성에꽃이라도 피면, 그림 없는 그림은 예술의 절정을 보여줄지도 몰라요."

달팽이와 바오밥나무는 화가가 보여주는 그림 없는 그림의 길을 따라 여행하며 자신들이야말로 그림 없는 그림이 된 것 같았다. 텅 비어버린 채 존재하는 무라고나 할까.

"당신의 작품은 의식과 무의식의 경계를 해체시키려는 초현실적인 그림 같군요."

"우리 삶 역시 의식과 무의식을 해체하여 새로운 꿈을 그리는 초현실적인 그림이지요."

'여행길에서 우연히 만난 전람회지만, 몽상의 **?**에 대한 물음을 희미하게나마 알 것 같아.' 달팽이는 그런 생각을 하며 화가와 작별 인사를 했다.

"그림을 통해 상상력의 반란을 꿈꾸는 화가라니. 바오밥나무야, 넌 저 그림들을 어떻게 생각해?"

"존재하는 무라는 것은 뭘까, '나는 한 개의 별입니다, 나는 하나의 징검다리입니다, 나는 한 송이 꽃입니다, 나는 말 없는 열정입니다, 나는 한 줄기 바람입니다, 나는 보이지 않는 공기입니다, 나는 자라는 꿈입니다, 나는 너이고 너는 나입니다, 나는 끔찍한 예술입니다, 나는 따뜻한 밥입니다, 나는 도취의 전율을 보여주는 디오니소스입니다, 나는 날지 못하는 새입니다, 나는 인간을 파괴하는 아름다움입니다' 같은 말을 떠오르게 해. 존재하는 무라는 말은 거대한 시간의 집에서는 무無가 존재라는 말과 같지 않을까……"

달팽이는 바오밥나무의 말을 귀 기울여 들었다.

"그림은 말이야, 예술은, 캔버스 너머에 뜬 무지개 같은 것이랄까. 보이지 않는 이데아를 빈 캔버스에 그리는 일이기에, 아무리 그림을 그려도 결국은 보이지 않는 무無 같은 것이라는 말이야. 화가는 박제된 아름다움이 싫어서 빈 캔버스로 남긴 게 아닐까. 달팽이야, 나는 그림 없는 그림을 보며 시인 라이너 마리아 릴케가 쓴 「두이노의 비가」의 한 구절이 생각났어."

그 순간 초저녁 별에 달팽이 눈이 반짝였다.

"우리가 아름다움을 그토록 찬미함은 파멸하리만큼 아름다움이 우리를 멸시하기 때문이다."*

달팽이는 바오밥나무가 이야기하는 릴케의 시구를 이해하진 못했지만, 정수리에 번개가 치는 것을 느꼈다.

"화가는 그림 없는 그림 전시를 통해 우리를 파괴하려고 천연덕스럽게 비웃고 있는 아름다움을 무대 위로 등장시킨 것인지도 몰라. 어떤 식으로든 예술의 아름다움은 우리를 파괴하며 등장하거든."

"언어의 번개가 정신의 번개를 치게 하다니!"

달팽이와 바오밥나무는 서로를 바라보았다. 화가의 그림 없는 그림과 릴케의 시를 반추하면서 다시 꽃 피는 바다별을 향해 떠났다. 해 질 녘 달팽이와 바오밥나무의 긴 그림자가 화가의 텅 빈 캔버스에 그림으로 남았다.

---

* 라이너 마리아 릴케, 『두이노의 悲歌, 오르페우스에게 바치는 소네트』, 한기찬 옮김, 청하, 1986, 19쪽.

바람 신을 경배하는 새들의 별

달팽이와 바오밥나무가 도착한 곳은 새들의 별이다.

지구에서 보았던 참새와 딱새, 소쩍새, 카나리아뿐 아니라 신기하게도 땅속을 날아다니는 땅새와 바닷속에 사는 물새, 불을 뿜는 화산 속을 드나드는 불새도 있는 새들의 낙원이다. 이 별에 사는 새들은 바람 신을 경배했다. 새들이 어디론가 날아가는 것은 신에게 다녀오기 때문이다. 바람 신은 바람과 바람 사이에 있고, 바람의 안과 밖, 바람의 이면에도 존재한다.

바람 신을 위한 경배 방식은 자유롭고 고독하게 사색하는 것이다. 달팽이와 바오밥나무는 새들도 신을 경배하고 사색을 한다는 게 조금 놀라웠지만, 그것이 얼마나 어리석은 편견인지 아는 데까지 1분도 걸리지 않았다. 달팽이와 바오밥나무도 새들처럼 날아오르고 싶은 충동을 느꼈다. 그 마음을 알았는지, 독수리가 날아와 새들이 날 수 있는 것은 바람의 깃털로 날개를 만들었기 때문이라고 귀띔해주었다.

"정신이 가벼워야 해. 새들은 가벼운 정신의 소유자거든."

독수리는 달팽이와 바오밥나무 보란 듯 3미터나 되는 거대한 날개를 펼치고 천천히 날아올랐다. 독수리는 상승기류를 타고 유유히 큰 원을 그리며 한참을 공중에 머물렀다.

"아, 참 아름답다!"

달팽이와 바오밥나무는 동시에 탄성을 자아내며 창공을 나는 독수리를 부러워했다.

"비결이 뭐지?"

"비결? 그런 건 없어. 처음부터 날 수 있는 새는 없거든. 연습하는 거야. 날아오를 때까지 연습하는 것밖에는……"

달팽이는 독수리의 대답이 시시하다고 여겼지만, 묘하게도 그 말이 가슴에 남았다.

"그래도 비결을 하나 말해줘!"

달팽이는 조르는 아이처럼 말했다. 독수리는 조금 심각한 표정으로 고개를 갸우뚱하다 난처한 표정을 짓더니 보석 같은 눈을 반짝이며 말했다.

"바람을 느끼는 거야."

"바람?"

"바람은 근원을 알 수 없는 곳에서 불어오는 영혼의 순례자야. 맑고 깊고 투명한 영혼을 감춘 채 말하지 않으면서 말을 걸고, 듣지 않아도 느낄 수 있고…… 내면으로 대화를 하는 게 바

람이거든. 독수리가 가장 높이 날아오를 수 있는 것도, 두세 시간 씩 창공에 머물 수 있는 것도, 10킬로미터 밖에 있는 먹이를 볼 수 있는 것도 바람을 타기 때문이야.

새들이라고 무한 허공에 대한 두려움이 왜 없겠어. 새들은 대자연 앞에서 욕망을 버려야 살 수 있다는 걸 본능적으로 습득했거든. 영혼이 무거우면 바람을 탈 수 없다는 진리 말이야. 새들이 바람 신을 경배하는 이유는, 몸과 영혼이 바위가 되어선 안 된다는 걸 바람이 깨우쳐주기 때문이야. 새가 중력을 거슬러 날아오를 수 있는 것은 꿈과 희망의 부력 때문이지. 새는 스스로 공기를 차오르게 하여 떠오르는 법을 알고 있거든."

독수리는 그렇게 말하며 상승기류에 몸을 맡겼다. 햇빛 한점이 될 때까지 날아오르는 독수리를 달팽이와 바오밥나무는 바라보았다.

"바람 신에게 잘 다녀와!"

달팽이는 삶이 신비했다. 별은 더 신비했다. 별에 가면 신비한 삶이 펼쳐졌고 삶 속에는 미지의 별이 반짝였다. 마법에 걸려 깊은 잠에 빠졌다가 눈을 뜬 동화 속 주인공처럼 여행은 달팽이의 잠든 눈을 뜨게 했다. 여행을 할수록 마음에는 낯선 길이 생겼다. 낯섦에서 생의 미로를 찾을수록 심장이 더 뜨거워지면서 무엇인가 꿈틀거렸다. 그 사이로 설핏 길이 보였지만, 보인다고 모두 길이 되진 않았다.

시간이 필요했다. 눈물 한 방울 섞인 고독도 있어야 했고 별빛도 반짝여야 했다. 달팽이는 꽃 피는 바다별로 떨어진 파란별을 찾아가는 멀고 먼 여행이 자신의 내면을 향하고 있음을 어렴풋이 느꼈지만, 그건 너무 어려운 길 찾기라고 생각했다. 바오밥나무는 이런 달팽이 마음을 아는 듯 미소 지었다. '나는 너의 맑은 영혼을 볼 수 있거든!'이라고 말하는 듯했다.

바오밥나무가 달팽이에게 다가와 침묵의 소리 같은 말로 나지막이 말했다.

"나무는 대지에 뿌리박고 서 있는 것 같지만, 실은 영혼의 순례길을 떠나는 여행자야. 나를 봐! 바오밥나무라는 거대한 몸을 지탱하고 있는 건 땅속 수백 미터까지 뻗은 뿌리거든. 땅속 바위를 피해 뿌리 내리며, 지하 수백 미터에서 물을 찾아내 별을 스칠 듯한 우듬지까지 물을 끌어 올리지.

뿌리란 나무의 신성한 영혼과도 같아. 달팽이야, 네 뿌리를 본 적 있니? 나도 내 뿌리의 실재를 본 적도 만질 수도 없어. 다만 느낄 뿐이야. 영혼은 뿌리처럼 생명을 숨 쉬게 하는 것이지. 여행도 마찬가지야. 여행이란 신성한 영혼이 순례하는 길을 따라 자기 뿌리를 느껴보는 일이지. 즉, 자기 자신 되어보기라고 할까. 자기 자신 찾아보기라고 할까."

"너는 내 안에 뿌리가 자라는 나무 한 그루를 심어주었어. 고마워, 바오밥나무야!"

꽃의 소행성

아름다운 꽃들이 반짝이는 별을 보았다.

어느 별은 수정 같은 고드름이 주렁주렁 달려 있고, 어느 별은 사막만 보였다. 한번은 해가 지지 않는 별에 내려 몽유병자처럼 다닌 적도 있고, 500년마다 해가 뜨는 별에서는 499년째 되던 날에 도착해서 캄캄한 어둠 속을 방랑하다 떠나야 했다. 암흑물질이 유령처럼 떠다니는 햇빛 한 점 들지 않는 까만별은 끔찍했다.

꽃들의 소행성에서 달팽이와 바오밥나무는 말하는 꽃들의 수다를 들어주느라 좀 피곤했다. 사람들이 꽃들의 수다를 들었다면 꽃이 아름답다는 말을 수정할 거라고 달팽이는 생각했다. '진달래꽃은 왜 그렇게 눈물이 많은지! 얼음꽃처럼 냉정해지고 싶다고 하질 않나. 나팔꽃은 아침마다 나팔수가 부는 나팔처럼 얼마나 큰 소리로 노래하는지. 채송화는 자기가 앉은뱅이 꽃이라고 불만을 털어놓는가 하면, 해바라기는 해를 따라 피는 건 좀

지겹고 이젠 달바라기나 별바라기가 되고 싶다며 투덜대고……'

'어휴! 꽃들이 이렇게 수다스럽고 불평을 늘어놓는 줄 누가 알겠어?' 달팽이는 한숨을 내쉬었다. 백합은 바람에 하늘하늘 흔들리면서 자기가 세상에서 제일 아름답다며 진한 향기를 자랑하느라 여념 없었다.

"내가 살던 숲에서는 찔레꽃이 향기의 여왕이었어."

"뭐라고? 찔레꽃은 나처럼 자태가 우아하지 않고 꽃도 화려하지 않고 향기도 그윽하지 않아. 찔레꽃은 솜털 같은 잔가시에 둘러싸여 만지는 순간 큰 고통을 느끼게 하는 꽃이야. 게다가 숲 아무 데나 무리 지어 피었다가 눈길 한번 못 받고 지는 꽃인데."

백합은 어이없다는 듯 말했다.

달팽이는 찔레꽃을 모독하는 듯한 백합의 말에 조금 화가 났지만, 꼭 해주고 싶은 말이 있었다.

"꽃들이 아름다운 건 아무도 모르게 피기 때문이야. 꽃은, 아름다움은, 누구를 의식하지 않잖아. 깊은 숲 구석진 자리에서도 존재의 향기를 피워 올리기에 숲이 아름다워지는 거야."

장미가 얼마나 오묘한 모순을 지닌 꽃인지는 태양을 닮은 빨강과 억세고 날카로운 가시를 온몸 가득 품은 것만 보아도 알 수 있었다. 달팽이는 장미의 붉은 꽃향기에 빠지고 싶어도 날카로운 가시 때문에 다가갈 수 없었다. 바오밥나무는 달팽이의 고충

을 잘 알기에 장미에게 물었다.

"장미야, 너는 왜 온몸 가득 억센 가시를 품고 있니? 두려움 때문이야?"

"아름다우니까."

장미의 말은 단순하고 명징했다. 달팽이와 바오밥나무는 아름다워서 가시를 품었다는 말이 모순적으로 들렸다. 가시가 없는 꽃들이 들으면 얼마나 억울할까. 바오밥나무는 약간 빈정대듯 말했다.

"너의 자존심을 건드려 화난 거니?"

"아니, 가시를 품지 않은 아름다움은 없거든."

"왜?"

"숨기고 싶은 말인데…… 가시 속에는 아름다운 것들이 꿈꾸고 있어."

장미는 바오밥나무가 자신의 속 깊은 마음을 어찌 알까 생각하며 말을 이었다.

"너는 가시의 겉모습만 보는구나. 가시의 모순은 사랑의 모순 같은 거야. 가시에 찔릴 때의 쓰라린 고통 없이 진정한 아름다움은 드러나지 않는다는 뜻이지. 그게 가시의 비밀이야."

"너는 숨 막힐 듯 진한 향기만으로도 충분히 아름다운데, 가시가 아름다움을 방해하는 것 같아서."

"아름다움은 모순적인 거야."

장미는 알 듯 모를 듯한 말을 했다.

"가시의 이면을 생각해봐. 장미가 아름다운 건 가시가 있기 때문이야. 가시에는 무엇인가 초극하고자 하는 갈망이 숨겨져 있거든. 그러니 꽃을 보기 전에 먼저 가시의 아픔을 떠올리며 향기를 맡아봐. 향기 짙은 꽃을 피우기 위해 얼마나 노력하는 줄 아니? 향기에는 눈물과 고독과 외로움 그리고 시간의 허무도 들어 있어."

장미는 달팽이와 바오밥나무가 가시의 이면을 이해해주기를 바랐다.

"달팽이야, 바오밥나무야. 새빨간 장미의 꽃봉오리가 현실을 바라본다면, 가시는 오직 자신의 내면을 향한단다. 가시는 내면의 모순을 뚫고 올라온 존재의 고통을 보여주지. 존재한다는 건 갈망의 연속이니까. 장미꽃은 가시와 가시 사이에서 피어나. 장미의 향기가 짙고 고혹적인 것은 가시가 많기 때문이야. 장미의 완전한 고독이 담겨 있는 가시도 사랑해줘."

"아, 이제 너의 모든 것을 깊이 사랑할 수 있을 것 같아, 장미야!"

달팽이와 바오밥나무는 그제야 장미를 이해할 수 있었다. 왜 그토록 억센 가시를 품고 살아가는지. 그들이 꽃의 소행성을 떠날 무렵, 장미가 핀 담장에선 붉고 진한 향기의 파도가 밀려왔다.

카일라스별로 간 소리 수집가

소리 수집가가 사는 별은 조금 특별했다.

트라피스트-1TRAPPIST-1 항성계에는 일곱 개의 행성이 있는데, 소리 수집가는 이 중 일곱번째 별인 지벤슈테른에 살았다. 이 별을 스쳐 갈 때면 멀리서도 신비한 소리가 들려와 별을 탐험하는 이들은 '사랑스러운 아리아별'이라는 애칭으로 부르기도 했다. 이 별에서는 어디를 가도 소리 수집가가 모아둔 소리들이 은은하게 들려왔다. 달팽이와 바오밥나무는 이 별에 도착하기 전부터 소리 수집가가 모아둔 소리가 궁금했다.

소리 수집가는 평생 동안 아름다운 소리를 수집하느라 혼자였다. 누군가를 그리워하다 눈시울이 뜨거워질 때도 자주 있었지만 소리에 홀려 슬픔을 잊을 수 있었다. 아름다운 소리가 자신을 구원할 것이라 믿었다. 그러나 소리를 찾을수록 아름다운 소리란 무엇인지에 대한 미적 회의론에 빠져들어 번민하며 밤을 지새웠다. 소리는 있으나 실체가 없는 대상 앞에서 고독한 니힐

리스트였다.

　아름다움이란 말은 추상적이고 너무 큰 의미를 담은 말의 덩어리 같았다. 바람이 나뭇잎을 스치는 소리, 달밤의 소쩍새 소리, 공기가 팽창하는 소리, 얼레지 꽃대 올라오는 소리, 나무가 크는 소리, 시냇물 소리, 바위가 말하는 소리, 엄동설한이 풀리며 얼어붙은 강물 깨지는 소리, 무당벌레가 날아가는 소리를 들을 때에도 '이 소리가 정말 아름다운 것일까?' 하는 생각에 잠겼다.

　사람들은 그를 소리를 모으는 마법사라고 불렀다. 외딴 숲속에 사는 그를 진짜 마법사라고 하는 사람도 있고, 수도사라고 부르는 이들도 있으며, 어떤 사람은 숲길의 공상가라고도 했다. 소리 수집가가 숲속 바위에 누워 있으면, 숨어 있던 벌레들이 나타나 말을 걸고 꽃들도 바람결에 소식을 전했다. 물끄러미 이 광경을 지켜보던 달팽이가 신기한 듯 그에게 말을 걸었다.

　"꽃이랑 벌레랑 무슨 이야길 나누시죠?"

　"쉬잇!"

　소리 수집가가 집게손가락을 입가에 갖다 댔다. 머쓱해진 달팽이와 바오밥나무는 조용히 한참을 지켜보았다. 한나절쯤 지났을까, 햇빛이 기다란 옷자락을 숲에 걸치고 나무에 슬그머니 기댈 때에야 그는 꽃과 벌레와 나누던 이야기를 마치고 바위에서 일어나 앉았다.

　"꽃과 벌레의 소리를 받아 적고 있었어요."

소리 수집가가 말하자 바오밥나무는 신기해서 물었다.

"꽃과 벌레의 소리를 받아 적었다고요?"

"네. 꽃과 벌레뿐 아니라 나무, 바람, 구름의 말도 얼마나 싱그러운데요. 바위나 숲에 누워 있으면 내 몸은 꽃과 벌레, 나무와 바람, 구름의 소리를 받아 적는 공책이 됩니다. 산들바람 타고 오는 꽃물결이 내 몸을 스친 흔적은 또 얼마나 향기로운지! 단추에 날아와 앉은 칠성무당벌레 덕에 칠성무당벌레 단추로 변한 옷은 또 얼마나 예쁜지! 한번 상상해보세요. 내 몸이 먼저 벌레들의 놀이터가 되어주고 그들이 지나는 길이 되어주면 어느 순간 말이 들려오지요.

그 말들은 숲의 성자들이 내는 광채랍니다. 바람이 지나게 내 속을 활짝 열어놓고 그들의 말을 듣다 보면 서로 대화가 통하게 되거든요."

달팽이와 바오밥나무는 자신도 모르게 마음이 열리는 것 같았다.

"꽃과 벌레, 나무와 바람의 말에 귀 기울여보세요. 그들의 언어를 이해할 수 있을 때까지. 오랜 시간 귀를 기울이다 보면 비로소 꽃들의 이야기, 새들의 지저귐, 나무들의 대화, 벌레들의 속삭임이 들리거든요. 그들은 자연의 예술가예요. 난 가만히 누워 그들이 숲에 그려놓은 상형문자를 감상하지요."

달팽이와 바오밥나무는 진지한 표정으로 소리 수집가의 이야기를 들었다.

"느릿느릿 숲을 건너오는 초록달팽이를 만난 적이 있어요. 달팽이는 천천히, 아주 천천히 자신의 생을 사유하는 미불微佛 같은 존재랄까요. 그가 지나간 흔적은 어느 화가도 그리지 못할 추상화 같아요. 삶의 격정에 휘말리지 않고 자신의 길을 묵묵히 걸어가는 존재자 말이에요."

그는 초록달팽이와 나눴던 이야기를 달팽이와 바오밥나무에게 들려주었다.

"'숲의 소리를 왜 모으세요?' 어느 날 초록달팽이가 묻더군요. '숲의 소리는 영혼을 별빛처럼 맑게 물들이거든요'라고 대답했지요. 초록달팽이가 '영혼을 아름답게 하려고요?' 되묻더니 이렇게 말하지 않겠어요. '들리는 소리 말고 들리지 않는 침묵의 소리도 있잖아요. 침묵의 소리도 수집해보세요.'

아름다운 격정이라 해야 할지, 번갯불에 감전된 미적 짜릿함이라 해야 할지…… 무척 혼란스러웠답니다. 침묵의 소리에 대해선 미처 생각해보지 못했으니까요.

그런데 그때 다시 초록달팽이가 말하더군요. '영혼은 자신을 성찰할 수 있는 침묵의 소리를 잘 들으라고 소리를 내지 않는 겁니다.'"

소리 수집가는 먼 곳 어딘가를 응시하며 말했다.

"초록달팽이의 말은 소리의 우상에 갇힌 내 영혼을 침묵의 도끼로 내려치는 것 같았어요. 투명한 얼음장을 내려치는 무쇠

도끼 있잖아요. 허물어지는 건 찰나였어요. 나는 아름다움이란 말에 집착하여 소리를 찾았지만, 내가 찾은 미적인 소리는 모두 폐허 같다는 생각이 들어요. 아름다움을 볼 수 있는 눈을 스스로 갖지도 못한 채 아름다움을 보려고 했잖아요. 내 안에 아름다움이 존재하지 않는데 어떻게 아름다움에 매료될 수 있겠어요? 지금에야 아름다운 소리란 침묵의 소리라는 생각이 들어요. 그 후 오랜 세월 동안 수집했던 아름다운 소리를 사람들에게 나눠 주기로 했지요.

내 오두막과 지하 창고에는 크고 작은 유리병들이 빼곡히 들어차 있었거든요. 숲의 무늬만큼 다양한 소리가 들어 있는 유리병들이죠. 꽃들과 나눈 희망의 언어, 나무들의 싱그럽고 푸른 이야기, 바람이 숲에 남긴 먼 나라 꽃 소식, 사슴벌레가 다가와 소곤거리던 말들, 무지개에 걸린 색깔의 소리, 새벽이슬이 전한 말, 천둥의 노래, 어둠의 말, 빛의 환희가 들려준 눈부신 소리, 시간이 지나며 남긴 말, 등불의 따뜻한 소리, 연필이 하는 말, 아무것도 적히지 않은 빈 종이가 써 내려간 이야기, 흙이 품었던 꽃씨들의 숨결 이야기……

하나같이 귀한 소리가 담긴 병들이었죠. 하지만 초록달팽이의 말을 들으며 침묵의 소리를 만나고 싶어졌어요. 내 안에 존재하는 침묵의 소리를 만나려면 그동안 채웠던 것들을 비우고, 낯선 곳으로 떠나 낯설게 바라볼 필요가 생겼던 거죠."

달팽이는 소리 수집가에게 침묵이 내는 소리의 영감을 전해 준 이가 초록달팽이였다는 말을 듣고 마음이 설렜다. 존재의 심연을 두드리는 멋진 상상을 하는 초록달팽이를 만나 이야기를 나눠보고 싶었다. 하지만 그 역시 또 다른 별로 방랑을 떠났다니, 인연이 된다면 어느 별에선가 만날 것이라 생각했다. '우주는 넓지만 인연의 줄이 닿는다면 만나는 게 방랑자의 숙명이니까!'

소리 수집가는 침묵의 소리를 찾아 낯선 별로 떠난다고 했다.

"어느 별로 가세요?"

"설산으로 유명한 카일라스별인데 순수한 비원悲願을 품으면 그것을 이룰 수도 있는 별이라고 합니다. 그곳에 가면 침묵의 소리를 수집할 수 있을 것 같아서요."

달팽이와 바오밥나무는 꼭 이루고자 하는 비장한 소원을 이룰 수도 있는 별이라는 말에 귀가 솔깃했다. 설산이라는 것도 매력적이었다. 지구엔 빙하가 많이 녹아서 설산이 흔치 않으니까. 잠시 카일라스별에 들러 설산을 보고 꽃 피는 바다별을 찾아가기로 했다. 카일라스별로 가기 위해 소리 수집가는 륙색을 꾸렸다.

카일라스별은 우주의 중심에 우뚝 솟은 산처럼 보였다.

산을 보는 것만으로 공덕을 쌓는다고 했고, 산 둘레를 순례하는 것만으로도 행운이 찾아온다고 했다. 소리 수집가와 달팽이 그리고 바오밥나무는 은빛 찬란한 산을 보는 순간, 탄성이 나왔다.

"신령스러운 설산별인 카일라스별은 우주의 중심에 있는 거대한 산, 수미산須彌山이라 숭배받는답니다."

소리 수집가는 경건한 표정으로 말하며 신성한 영산靈山 카일라스를 바라보았다. 달팽이와 바오밥나무도 거대한 풍경에 압도되어 '저의 비원을 들어주소서!' 하고 기도했다. 달팽이의 마음 어딘가에 설산이 들어차 있는 것 같았다. 설산을 바라보는 것만으로도 깊은 못이 생겨나고 깊은 숲이 만들어져, 수많은 생명이 깃을 치는 산이 달팽이 심중에도 생긴 것 같았다. 산은 마음에 존재 방식을 심어주는 또 하나의 우주였다.

바오밥나무는 저 산 어딘가에 결빙되지 않고 우뚝 서서 우주를 받드는 거대한 나무가 있을 거라고 여겼다. 나무는 설산에서도 얼지 않고 생존하는 법을 알기에 정신이 투명할 것이라고 생각했다.

"별을 본 자의 마음에는 별 하나가 생긴다……"

바오밥나무는 저도 모르게 말했다.

달팽이와 바오밥나무는 소리 수집가와 작별하며 카일라스별의 설산 이야기를 편지에 담아 보내달라고 했다. 그들은 카일라스별을 떠나면서도 소리 수집가가 침묵의 소리를 얻을지 궁금했다. 모든 걸 버리고 또 하나의 이데아를 찾는다는 게 얼마나 고독한 일인지, 하지만 꿈을 좇는 이들은 그 고독의 빛으로 이데아를 찾는다는 것을 그도 모르지 않으리라 생각했다.

달팽이와 바오밥나무에게 소리 수집가의 편지가 도착한 것은 카일라스별이 무지개 너머 콩알만 하게 빛날 즈음이었다.

　　우연히 만난 달팽이와 바오밥나무에게

　　별이 빛나는 것은 무엇 때문일까요? 빛나는 것은 나를 설레게 합니다. 하지만 빛을 보고 설레는 이유는 아름다워서가 아니라 빛이 누군가를 비추기 때문이지요. 성과 속을 막론하고 하염없이 누군가를 비춰준다는 것 말이에요. 이렇게 밤하늘을 쳐다보는 시간이면 별이 내게 말을 걸어오곤 해요.

　　"소리 수집가여, 빛은 반짝이는 것에만 있지 않아. 별빛도 존재하지 않는 빛일지 몰라. 현상에 집착하지 말게. 현상 너머를 상상해보게. 보인다고 모두 빛이 아니고, 보이지 않는다고 빛이 될 수 없는 건 아니라네."

　　나는 아무 말 않고 하염없이 별을 바라보았어요. 무제약적으로 별을 바라보기! 그것만으로도 별은 내 안에서 선한 빛을 일으키니까요……

　　나는 다시 카일라스의 설산으로 갔지요. 카일라스별에 사는 원주민들은 자기네 별을 우주의 '고귀한 눈(雪)의 보석'이라 부릅니다. 카일라스란 고대 산스크리트어로 수정水晶이란 뜻인데, 그래서인지 우뚝 솟은 거대한 봉우리에서는 수정처럼 맑고 밝게 빛나는 영기가 느껴져요.

　　신들이 산다는 저 산으로 건너가면 피안이 있을까?

　　수미산 꼭대기 색계色界와 무색계無色界를 지나면 푸른빛에 싸인

청정한 침묵의 세계를 볼 수 있을까?

저 순결한 산에 들어서면 신들의 언어인 침묵의 소리를 들을 수 있을까?

거대한 신산神山 앞에서 나는 자신과 무언의 대화를 했습니다. 그게 내가 할 수 있는 전부였어요. 이 별에 와서야 신을 느끼는 자의 영혼에서는 신이 반짝이는 빛으로 존재한다는 것을 알았지요. 마치 사라지지 않고 빛나는 우주의 별들처럼 말이에요. 신은 우주의 별들이 모두 사라지는 날, 비로소 무無로 돌아갈 것이라는걸요. 영원을 향한 무無!……

두려운 것은 과연 침묵의 소리를 수집할 수 있는가예요. 내 생을 통해 수집한 아름다운 소리를 모두 나눠 주고 빈털터리처럼 이 별에 와서 두렵지 않다면 거짓말이겠죠. 모든 걸 버리고 왔는데 침묵의 소리를 얻지 못하면 어떡하죠? 하지만 어떤 결정 뒤에도 아픔 같은 건 밀려오게 마련이니 설산을 오르는 수밖에, 봉우리를 향해 끝없이 오르며 침묵의 소리를 찾는 수밖에 없어요. 그게 삶이려니 하고 말이죠……

달팽이와 바오밥나무도 꽃 피는 바다별에서 꼭 파란별을 만나기 바랍니다.

— 별과 빛과 침묵의 소리를 찾아가는 방랑자가 카일라스별에서

수정처럼 투명한 설산, 눈 내리는 소리에서 소리 수집가는 무명無明을 보았다. 허공을 가득 채우며 쏟아지는 눈발 하나하나는 무게가 없지만, 산맥과 계곡, 봉우리마다 쌓여 만년을 침묵하

는 눈의 소리.

침묵이 침묵의 산맥을 지어 소리의 집착을 벗어버린 흰빛의 소리, 무명! 침묵의 소리는 쌓이면서 사라져갔다. 소리가 소리를 벗으니 침묵만 남았다.

소리에 집착하여 소리를 유리병에 모을 때와 달리, 카일라스 별의 소리는 저장되지 않았다. 그렇다고 소리의 울림을 느낄 수 없는 건 아니었다. 오히려 소리에 대한 집착을 끊으니 새로운 소리가 들렸다. 아름다움마저도 집착이었다. 무아無我의 진리를 깨닫지 못하고, 자아가 있다고 집착하는 무지의 상태인 무명을, 번뇌의 근원이 되는 무명을 소리 수집가는 비로소 벗을 수 있었다.

소리 수집가는 내면에서 들려오는 침묵의 소리에 귀를 기울였다.

"침묵의 소리는 고귀한 눈(雪)의 보석, 빛나는 카일라스에도 있고 카일라스 밖에도 있다. 수미산은 수미산에도 있지만 내 안에도 있다."

평생 처음 들어보는 고귀한 빛의 울림 같기도 하고, 투명한 눈(雪)의 보석에서 반짝이는 고요한 진동 같기도 했다. 소리 수집가는 설산을 향해 무릎 꿇은 다음, 두 팔과 머리를 땅에 대어 절을 했다.

소리 수집가는 소리를 밖에서만 찾았지만, 진정한 소리는 집착을 벗은 세상 어디에나 존재했다.

어느 날, 어느 순간, 방랑이 지나간 자리에, 초록달팽이 한

마리 무언가無言歌를 남기고 지나간 자리에, 만년설 빛나는 자리
에, 눈이 사라진 자리에 그리고 집착이 끊어진 자리에……

나쁜말별

오로라 은하에는 나쁜말별이 있다.

이 별에는 우주에 사는 외계인들이 내뱉은 나쁜 말들이 날아와 쌓였다. 깊은 산과 푸른 강, 바람과 꽃에도 나쁜 말들이 쌓이고, 비와 천둥에서도 나쁜 말들이 우르르 쾅! 쏟아지고, 눈 내리는 날이면 나쁜 말들이 춤추며 내려왔다. 은하에서 나쁜 말들이 줄지어 밀려올 때면 나쁜 말 산이 솟아났고 나쁜 말 폭포가 생겨났다.

폴폴 날아다니는 파란 나비 날개와 보랏빛 제비꽃에도, 코끼리 코에도 나쁜 말들이 내려앉았다. 나쁜말별이라고 아름다운 것들과 착한 사람들, 깨끗한 공기, 황금빛 들녘, 투명한 이슬 방울이 없을 리 없지만, 문제는 쉴 틈 없이 날아오는 나쁜 말이었다. 그래서 나쁜말별 사람들은 지붕에 전파망원경 같은 커다란 접시 거울을 달아 외계에서 날아오는 나쁜 말들을 반사시키기도 했다. 그럼에도 불구하고 나쁜 말들은 더께로 쌓여갔고 나쁜 말들이 석회암 동굴의 종유석처럼 주렁주렁 생겨났다.

가끔 나쁜 말들이 줄어들 때도 있었다. 은하계가 충돌하여 많은 별이 사라져 외계 문명이 소멸할 때가 그 무렵이다. 하지만 우주에서 수십억 년이나 수백억 년이 아무리 짧은 시간이라 할지라도 그런 일은 가뭄에 콩 나듯 가끔 있는 일이다. 우리은하와 안드로메다은하가 시간당 40만 킬로미터씩 가까워지고 있어서 오랜 세월이 지난 후면 또 사라지는 외계 문명이 있을 것이다.

"나쁜 말들이 한동안 날아오지 않겠지?"

"그럼, 그렇고말고!"

"길들여지지 않은 야생마처럼 미치게 푸른 하늘도 볼 수 있을 거야."

"어디 그뿐인가, 나쁜 말들이 안 날아오면 사막에서도 반짝이는 별을 볼 수 있겠지."

"나는 맑고 투명한 유리 창가에서 책을 볼 거야."

나쁜말별 사람들은 나쁜 말이 더 이상 날아오지 않는 날을 상상했다.

달팽이와 바오밥나무가 나쁜말별에 도착해 처음 한 일은 고양이와 개구리, 참새, 하얀 민들레, 나팔꽃, 책상, 하마에게 쌓인 나쁜 말들을 닦은 것이다. 땅강아지와 풍뎅이, 소금쟁이, 오리, 시계, 어린이 의자에 붙은 나쁜 말들도 닦았다. 달팽이와 바오밥

Ich bin ein stern
Un météore est tombé
Ding an sich
めでたい夢
lief'de
Schönheit
giấc
Sogno
daybreak
Träumeri
Abendrot
Le terra
Schneemann
coq
xuân
Dunst

나무는 행여라도 자신들이 내뱉은 나쁜 말들이 보일까 봐 노심초사했다.

"어떡하지? 내가 한 나쁜 말들이 광장 시계탑에 붙어 햇빛에 반짝이고 어느 소녀의 머리카락에 붙어 있으면, 지붕 위 깃발에서 천연덕스럽게 펄럭이면 말이야."

달팽이는 자기가 했던 나쁜 말들을 되새겨보며 끙끙 앓다시피 했다. 바오밥나무라고 다르지 않았다.

"아! 내가 했던 불경스러운 말들이 어린 자작나무 가지에 붙어 있으면 어떡한담. 숲에 가면 그때 내가 내뱉은 나쁜 말들이 나뭇가지에 붙어 자라고 있을 텐데. 어휴, 이를 어쩐담."

바오밥나무도 고개를 떨군 채 생각에 잠겼다.

달팽이와 바오밥나무가 나쁜말별을 떠날 무렵, 나쁜말별이 팽창하고 있다는 소식이 들려왔다. 둘은 깜짝 놀라 지팡이를 짚고 가는 할아버지에게 그 이유를 물었다.

"우주에 나쁜 말이 줄어들면 나쁜말별은 줄어들고, 우주에 나쁜 말이 늘어나면 나쁜말별은 점점 더 커진다네."

외계에서 날아온 나쁜 말들이 흰 눈처럼 소복소복 쌓이고 있었다.

나   말들!

　　　나　　말들!

　　　　　　　　　나　　　　말들!

쁜

　　　　　쁜

　　　　　　　　　　쁜

　　　　　　　　　　　　　　　　말

　　　　　　들!

나

　　쁜

　　　　　　　　　　나

　　　쁜

　　　　　　　　말　　들

　　　　　　　　　　　　나

말

　　　　쁜

들

들

나

쁜

쁜

말

들!

나

쁜

나

쁜

말 들

나

말

쁜

들

들

나

말

쁜

나

쁜

말

들!

붉은 소파를 등에 메고 다니는
'행복한 초록별' 프록시마 b의 사진사

붉은 소파를 등에 메고 다니는 사진사 호르스트 바커바르트는 프록시마Proxima b별에 산다.

프록시마 b는 태양에서 가장 가까운 별인 프록시마켄타우리 주위를 도는 외계 행성이다. 이 별을 가리켜 지구 과학자들은 제2의 지구라고 말하지만, 프록시마 b별 사람들은 '행복한 초록별'이라고 불러왔다.

그는 자신이 나고 자란 별에서 붉은 소파를 등에 메고 사진을 찍으러 가보지 않은 곳이 없다. 개미들이 사는 구멍이라든지 거짓말을 하면 머리에 뿔이 자라는 나라, 옥수수 병정 나라, 세상의 모든 책이 있는 책의 섬, 나무의 우주 바오밥나무 왕국, 창이 자라는 유리창의 숲, 정처 없이 유랑하는 방랑자들의 거리, 꽃들의 영혼이 빛나는 요정 동굴, 빗속을 탐험하는 물방울 도시, 시간을 역주행하는 기차, 순수한 사람들이 타면 원하는 곳까지 데려다주는 날아다니는 버스, 도토리 마법 학교, 부끄러움 학과가 있는 대학, 거짓말쟁이들이 사는 종이 장미 천국, 모든 말을 반대로 들어야 하는 청개구리 나라, 울퉁불퉁한 모양이 미학적이라고 찬미받는 모과 유성 제국, 별을 보여주는 유치원, 시인이 살지 않아 싱싱한 언어가 많은 왕국……

사진사는 낯선 장소에 붉은 소파를 놓고 그곳에 사는 생명체를 소파에 앉혀 질문을 한다. "당신은 누가 혹은 무엇이 우주를 창조했다고 생각하는가?" "당신은 사후 세계에 대해 어떤 기대를 갖고 있는가?" "당신의 삶을 가치 있게 만드는 것은 무엇인가?" "당신에게 행복이란 무엇인가?" "당신에게 불행이란 무엇인가?" "당신이 범한 가장 큰 실수는 무엇인가?" "당신이 두려워하는 것은 무엇인가?" "당신에게 동물과 식물은 어떤 의미인가?" "당신의 삶에서 예술은 어떤 역할을 하는가?" "당신에게 사랑은 어떤 의미인가?"

"이 별에서는 더 이상 가볼 곳이 없군!"

사진사는 우주 방랑을 결심하고 첫 여행지로 삼은 곳이 지구별이었다. 그는 생의 대부분을 방랑자로 살았다. 가족도 없이 기다란 붉은 소파와 커다란 구닥다리 카메라를 가지고 평생을 떠돌았으므로 낯선 별이라고 해도 낯설진 않았다. 삶의 애환이 깃든 붉은 소파를 등에 메고 지구 구석구석을 다녔다. 북극 영구동토대와 남극의 빙산은 물론이고, 안데스의 비경 품은 페루의 만년설 봉우리 우아스카란, 빙하로 덮여 있는 몽블랑 산정, 노을 깃

든 파리의 센강과 몽마르트르의 화가들, 아름다운 중세도시 로
텐부르크의 텅 빈 광장, 아이슬란드 화산 폭발 때도 용암의 강을
배경 삼아 붉은 소파를 놓고 사진을 찍었다.

시베리아 횡단 열차를 타고 가다 눈 덮인 들판에 붉은 소파
를 놓고 사진을 찍으며 감격한 적도 있었다. 지평선까지 뒤덮은
폭설 속에서 노을을 등지고 있는 붉은 소파가 마치 자기 자신 같
았기 때문이다. 한 폭의 풍경화도 연출된 사진도 아니었다. 설원
에 오롯이 고독하게 앉아 사색 중인 붉은 소파는 낯설지 않은 인
간의 얼굴을 하고 있었다.

……1만 년 전의 기억을 바커바르트는 어제 일처럼 회상했
다. 지구별에서의 추억이 그의 생을 밀고 가게 했다. 지나간 시간
은 낡고 퇴화한 것이 아니라 새로운 시간을 향해 날아가는 새처
럼 의미 있는 흔적을 남긴 채 생을 이끌었다. 시간은 빛살 무늬
같아서 생각할수록 윤이 났다. 바커바르트는 여전히 붉은 소파
를 메고 어딘가로 향했다.

달팽이와 바오밥나무가 사진사를 만난 것은 프록시마 b의
어느 산마루턱에서였다. 그들은 붉은 소파를 등에 메고 산을 오
르는 사진사의 기이한 모습을 보고 놀랐다. 사진사가 붉은 소파
를 내려놓고 시원한 바람에 쉬고 있을 때 달팽이가 말을 건넸다.

"왜 소파를 지고 산에 오르세요?"

"이건 소파가 아니에요. 보물 상자예요."

"그게 무슨 말이죠?"

"집 안에 가만히 놓여 있을 땐 편안한 소파에 불과하지만 산이나 호수, 초원과 숲, 빙산, 공사장, 포도밭, 광장, 묘지, 광산, 고철 더미, 전쟁터 등에 붉은 소파가 놓여 있다고 생각해보세요. 익숙했던 소파가 낯설게 느껴질 때, 마음속에 숨어 있던 보물 상자가 슬그머니 나타나거든요. 정신의 유희를 느낄 수 있는 바로 그곳이 우리가 잃어버린 낙원이죠."

"소파 하나 동그마니 놓였다고 어떻게 낙원이 되죠?"

"예술은 우리를 이상한 나라로 데려가는 도깨비방망이를 품고 있거든요. 예술로 인해 고정관념이 깨지는 자리엔 도깨비방망이가 춤을 추듯 우리 생을 낯선 곳으로 데려가지요. 일상의 틀에 갇힌 정신이 껍질을 뚫고 나와 자유로운 상상을 가능하게 해주는 게 예술이니까요."

"사진사님은 낙원을 엿보았군요. 무거운 붉은 소파를 등에 지고 우주를 떠돌며 낙원을 엿보기까지 그 오랜 시간을 어떻게 기다렸나요?"

"케 세라 세라Qué será será라는 말이 있지요."

"케 세라 세라, 그건 무슨 의미인데요?"

"'일어날 일은 꼭 일어나게 되어 있다'라는 뜻이에요. 미래를 알 순 없지만, 지금 이 순간을 즐기며 최선을 다하다 보면 언젠가 자기가 원하던 삶이 이루어진다는 말이죠. 미래를 앞당길 수도 없고 지나간 시간을 붙잡을 수도 없잖아요. 목수가 집을 짓

듯 지금 이 순간을 건축하다 보면 일어날 일은 반드시 일어나게 되어 있답니다."

달팽이와 바오밥나무도 주문을 외듯 '케 세라 세라'라고 해 보았다. 무언가가 이루어질 것 같은 느낌이 들었다.

"당신들은 어디로 가는 중인가요?"

"꽃 피는 바다별을 찾아가고 있어요."

"바다에 꽃이 피는 별이라고요?"

"네. 우주 어딘가에 꽃 피는 바다별이 있대요."

달팽이는 사진사에게 숲을 떠나온 일과 꽃 피는 바다별로 파란별을 찾아나선 이유와 여행에서 만난 이들 이야기를 들려주었다.

바람결과 작은 꽃 한 송이, 하찮아 보이는 풀과 돌멩이 그리고 별에서 만난 이들이 모두 큰 깨우침을 주진 않았지만, 돌이켜 보니 자신의 내면에 진실한 것을 볼 수 있는 마음을 갖게 해주었다. 여행이 꿈을 불어넣은 것이다.

달팽이에 이어 바오밥나무가 말했다.

"바다뿐 아니라 산과 숲, 강, 빛…… 자연은 피안 저편에 있는 유토피아를 우리에게 보여주었어요. 누군가는 유토피아가 무지개 너머에 있다 하고, 깊은 바다 신비한 동굴 어딘가에 숨겨진 대륙에 있다 하고, 성간 우주 지나 또 다른 우주의 어느 별에 있다 하지요. 그러나 내가 본 유토피아는 자연과 존재하는 것들의 내면에 있어요. 꽃 피는 바다별을 찾아가는 우리의 유토피아는 바다이고, 프록시마 b에 사는 사진사님의 유토피아는 붉은 소파겠지요. 유토피아란, 자기가 꿈꾸는 명상의 공간이며 상상의 장소이고 유혹하는 대상이거든요. 자연이야말로 케 세라 세라의 법칙이 존재하는 곳이랍니다. 눈보라 몰아치고 폭설이 내려 대지가 꽁꽁 얼어붙는 혹독한 추위 속에서도 꽃들은 나무들은 새들은 봄 꿈을 꾸고, 일어날 일이 꼭 일어나게 되어 있음을 증명하지요.

바오밥나무들에게 전해 내려오는 옛날 지구 이야기 하나 들려줄까요? 태양계는 은하 속을 움직이면서 1억 년에서 10억 년에 한 번꼴로 우주먼지 구름을 지나간대요. 이 무렵 지구는 급속히 냉각되어 온통 얼음으로 뒤덮인다는군요. 지난 20억 년 동안 태양계가 적어도 두 번 이상 '눈 덮인 지구Snowball Earth'* 를 만들 만큼의 우주먼지를 지나갔건만, 자연은 케 세라 세라의 마법으로 다시 살아났다고 해요."

"눈 덮인 시간 동안 씨앗은 얼마나 오랜 시간 잠들어 있었을까……"

달팽이는 바오밥나무의 말을 들으며 그 장대한 시간에 놀랐다. 사진사도 오래전 여행한 적 있는 지구별 이야기에 얼굴이 환

---

* 「우주먼지에 의해 눈덩이로 변했던 지구」, 『KISTI의 과학향기』, 한국과학기술정보연구원, 2005. 2. 21.

해졌다.

"시간을 볼 순 없지만, 시간을 부리는 마법사가 별과 꽃과 산과 빛과 길에 또 누군가의 내면에 시간을 숨겨놓고 보이지 않는 시간을 찾으라고 숨바꼭질하게 만든 것 같아. 사진사님 말을 듣고 보니, 나무들 정신의 뿌리에는 일어날 일은 꼭 일어나게 되어 있다는 케 세라 세라의 마법이 숨어 있다는 걸 알았어."

"그 시간의 안쪽 어딘가에는 우리가 찾아가는 꽃 피는 바다별도 숨어 있겠지?"

바오밥나무의 말에 맞장구치듯 달팽이가 말했다.

사진사는 자기 자신 안쪽에 꽃 피는 바다가 있다는 게 놀라웠다.

"달팽이님, 바오밥나무님. 우리가 다시 만난다면 꽃 피는 바다를 배경으로 붉은 소파에 앉은 여러분 모습을 사진에 담고 싶군요."

달팽이와 바오밥나무는 사진사의 말에 미소 지으며 "케 세라 세라!"라고 대답했다.

그들은 붉은 소파를 등에 메고 산을 오르는 사진사가 행복한 사람이라고 믿었다.

"행복을 찾는다는 건 그렇게 엄청난 일이 아니고, 불가능한 기적을 만드는 게 아닌 것 같아. 사진사처럼 붉은 소파를 산꼭대기에 놓고 사진을 찍든, 꽃 피는 바다에 붉은 소파를 띄우고 사진을 찍든, 열정을 태워 새로운 세계를 만들어가는 게 행복이지 않을까. 행복이란 별을 따는 게 아니라, 꿈을 이루기 위해 별을 바라보며 별빛을 마음에 새기는 것 같아. 그래서 언젠가 그 빛이 자신의 마음에서도 빛날 수 있게 하는 것!⋯⋯"

혼잣말을 하는 것인지, 바오밥나무에게 말을 건네는 것인지 분명하진 않았지만, 달팽이는 행복한 모습으로 별을 산책했다. 풀숲 구멍으로 개미들이 줄지어 가는 게 보였다. 개미들은 자기 몸뚱이보다 큰 먹이를 밀고 가고 있었다.

붉은 소파를 등에 메고 산을 오르던 사진사도 지금쯤이면 산정에 닿았을 것이다. 산꼭대기에 붉은 소파를 놓고 다람쥐나 토끼, 늑대 혹은 바람이나 구름을 소파에 앉혀 사진을 찍고 있을 사진사를 떠올렸다. 사진사의 열정이 달팽이 마음을 뜨겁게 물들이고 있었다.

3부

어느 외딴 별에서의 대화

"달팽이야, 우린 어느 별에 와 있는 것일까?"

바오밥나무가 말했다.

"글쎄…… 가만히 생각해보면 우리가 떠나온 숲도 외딴 별일 거란 생각이 들어. 그곳에 있을 때 거기가 세상의 전부 같았는데, 여행을 하다 보니 우리가 살았던 공간은 섬이란 것을 알았어. 끝이 보이지 않는 세상도 그렇고 우주도 그렇고…… 우주보다 더 큰 거대 우주에서 보면, 우리가 바라보는 이 우주도 수많은 별이 모인 외딴섬일 테고."

"우주보다 더 큰 거대 우주? 과연 그런 공간이 존재할까?"

"따지고 보면 우리가 살았던 별도 우주의 한 점에 불과하잖아. 어쩌면 한 점도 되지 않을 먼지 같은 우주의 작은 별 말이야. 바오밥나무야, 우린 지금 엄청난 일을 하고 있는 것 같아!"

순간, 달팽이는 무엇인가 큰 깨달음을 얻은 것처럼 말했다. 순간에서 영원을 본 수도자처럼 마음은 비어 있고 눈은 해맑아

보였다.

"엄청난 일?"

바오밥나무가 긴장한 표정으로 달팽이를 쳐다보았다.

"우리가 지금 외딴 별에 와 있다는 이야기를 했잖아?"

"응."

"우리도 외딴 별에 살고 있는데, 우주 어딘가로 떨어진 파란 별도 광막한 우주의 한 외딴 별에서 왔지 않겠니?"

"그러네."

"생각해봐. 한 외딴 별이 또 다른 외딴 별을 만나러 가는 거잖아. 별과 별이 마주한다는 설렘, 얼마나 벅찬 감동이야."

"맞아."

바오밥나무가 맞장구를 쳤다.

"그러니 낯선 누군가를 만난다는 것은, 별이 또 다른 별을 만나는 일이야."

"몽상가다운 말씀."

"우리도 우주에서 온 별이고, 대초원별을 찾아가는 파란 코끼리, 황금방망이 꼬리털여우, 꽃의 소행성의 꽃들, 회색 눈사람 행성 울티마 툴레에서 만난 씨앗, 그림 없는 그림을 전시하던 화가, 붉은 소파를 등에 메고 다니는 사진사, 생각들이 사는 별에 있는 생각들까지 모두 저마다의 우주에서 빛나는 별들이잖아."

"그런데 우리는 왜 지금까지 그 생각을 못 했을까?"

바오밥나무가 말했다.

"여름밤 풀숲에서 반짝이는 반딧불처럼 빛나는 저 별들 좀 봐. 반짝이는 별들의 융단 말이야."

달팽이는 잠시 몽상에 잠겼다. '별은 몽상이 불타고 있는 가스 덩어리 같아. 별들이 수백만 년에서 수백억 년씩 살 수 있는 것도 몽상이란 불을 태워 살기 때문일 거야. 그러니 몽상이란 삶을 반짝반짝 빛나게 하는 과정 같아. 그렇지 않고서야 어떻게 그 오랜 시간 동안 빛을 낼 수 있겠어. 잠든 사이에도 내 안에서 타오르는 몽상의 불-별!'

생각에 잠긴 달팽이 눈가에 살짝 물기가 묻어났다. 낯선 별에서 몽상에 들고 보니, 오래전 구루 달팽이와의 대화가 떠올랐다. 달팽이는 몽상가를 고독한 길을 만들어가는 자라고 생각했다. 몽상가의 몽상이야말로 세계를 변혁시키는 혁명가의 꿈이라고 여겼지만, 구루 달팽이는 달팽이의 생각이 달팽이 세계를 위협하는 위험한 생각이라 말해서 깊은 상처를 받았던 것이다. 하지만 저 광대한 우주를 바라보니 그 말들은 부질없는 것처럼 여겨졌다. 구루 달팽이 덕분에 상처가 삶을 꽃피우는 사랑의 묘약이란 걸 별을 보며 느끼고 있으니, 달팽이는 고마운 마음이 들었다.

바오밥나무는 달팽이 마음을 아는지 묵묵히 내면의 독백이

들리는 것처럼 고개를 끄덕여주었다. 무명 이불을 덮어놓은 듯

은하수가 빛나는 밤이었다.

어린이의 이상한 뿔피리*별

달팽이와 바오밥나무가 새로 도착한 별에서는 새의 노래도 풀벌레 울음도 아닌 아주 묘한 소리가 났다.

별을 거닐다가 이상한 뿔피리를 부는 어린이를 만났다. 사향소 뿔처럼 초승달 모양으로 굽은 뿔피리를 목에 건 어린이는 소녀인지 소년인지 알 수가 없었다. 긴 머리에 파란 눈을 반짝이며 나뭇잎 옷을 입고 뿔피리를 불고 있었다. 달도 멈춰 서서 뿔피리 소리를 들을 만큼 신비하고 고혹적이었다.

초원을 방랑하는 바람 소리와 별빛이 나뭇가지를 스치는 소리, 은하수를 건너가는 달빛의 발자국 소리가 실려 왔다. 뿔피리 소리가 들려오면 숲속의 새들도 지저귐을 멈춘 채 모여들었고, 늑대와 토끼, 뱀과 멧돼지, 사슴벌레와 나비도 순한 눈망울을 반짝이며 소리에 감동했다. 그런데 이상하게도 이 별에선 어른이

★   어린이의 이상한 뿔피리Des Knaben Wunderhorn: 구스타프 말러Gustav Mahler가 동명의 독일 민담시집에서 가사를 차용하여 작곡한 가곡집.

라곤 찾아볼 수 없었다.

　"여기는 어떤 별이니?"

　달팽이가 물었다.

　"어른이 되고 싶지 않은 어린이들만 사는 별이야. 우주에서는 '어린이의 이상한 뿔피리별'이라고 불러."

　이상한 뿔피리를 목에 건 어린이가 말했다.

　달팽이와 바오밥나무는 무척 놀랐다. 달팽이는 그 이유를 묻고 싶었지만, 바오밥나무는 "얼마나 멋진 별이야! 우리의 생각을 전복시키는 낯섦이 반짝반짝 빛나는 별이네"라고 말했다.

　"달팽이야, 이곳이야말로 진짜 몽상의 별 아니겠니? 만약에 네가 '이 별에는 왜 어린이들만 사는데?'라고 물으면 난 얼굴이 붉어질 것 같아. 왜냐하면 저 어린이가 '넌 상상력이 없는 달팽이구나!'라고 말할 것 같아서……"

　바오밥나무의 말을 들은 달팽이는 그런 유치한 질문은 하지 않기로 했다.

　"이 별은 유리알 같은 눈이 내리는 것 같아."

　달팽이가 말했다.

　"이 별은 눈과 얼음으로 덮여 있어. 우리 별에 내리는 눈은 사람과 사물의 영혼을 투명하게 비춰주지."

　이상한 뿔피리를 불던 어린이가 답했다.

　"눈이 사람과 사물의 영혼을 투명하게 비춰준다고?"

달팽이는 참 신비한 눈도 다 있다고 생각했다.

"우리 별에는 거짓말이란 단어가 없어. 세상을 비추는 눈과 얼음은 유리처럼 투명해서 정신이 환히 보이거든. 어린이들은 진실할 수밖에 없고. 진실은 이 별에서 공기 같은 것이야."

"그런데 왜 다른 별 사람들은 진실하지 못하지?"

"진실을 섬에서 사 오기 때문이지."

"섬? 진실을 사 온다고?"

달팽이가 의아한 눈으로 물었다.

"진실이 일상이 되지 못하는 건 필요할 때만 진실의 섬에서 진실을 사 오기 때문이야. 우리 별에선 누가 정신에 진실한 꽃을 더 많이 피우는가를 최고의 미로 꼽는단다. 정신에 장미꽃이 많이 핀 사람, 정신에 찔레꽃이 많이 핀 사람, 정신에 에델바이스꽃이 많이 핀 사람, 정신에 수선화가 많이 핀 사람, 정신에 과꽃이 많이 핀 사람…… 정신의 향기를 피워 올려 세상을 살기 좋게 하는 이를 '진실된 사람'이라고 하거든."

이상한 뿔피리를 손에 든 어린이가 말했다.

달팽이는 숲에서 만난 제비꽃 요정과 쑥부쟁이 요정, 아이리스 요정, 나팔꽃 요정을 떠올리며 뿔피리를 부는 어린이를 별에 사는 요정이라고 생각했다.

"너는 요정이구나?"

"요정?"

뿔피리를 불던 어린이가 되물었다. 달팽이는 대답 대신 고개를 끄덕였다.

"맑고 아름다운 정신을 지닌 정령을 말하는구나!"

뿔피리를 부는 어린이가 이야기를 이어갔다.

"글쎄, 요정은 사람의 모습을 빌려 나타나는 불가사의한 마력을 지닌 정령이지. 하지만 우주에서는 누구든지 요정이 될 수 있어."

"왜 눈엔 잘 보이지 않지?"

"마음의 숨결을 느낄 수 없기 때문이야. 요정은 진실하고 순수한 마음에서 반짝이는 빛을 보고 나타나지. 요정은 동화 속에만 나오는 신비한 형상이라기보다 어떤 마음의 빛을 반짝이느냐에 따라 존재하는 마음의 실체란다.

달팽이야, 나는 바오밥나무로 대지에 뿌리 내려 존재하지만 네 마음의 빛을 따라가며 나타나는 요정이기도 하잖니? 아주 오래전에도 무언가로 있었고, 지금은 바오밥나무로, 또 다가올 미래에는 시간이 빚은 어떤 모습으로 존재하고 있을 거야."

달팽이와 어린이의 대화에 끼어든 바오밥나무가 말했다. 달팽이와 뿔피리를 만지작거리는 어린이와 바오밥나무는 오래전 만난 친구 사이처럼 이야기를 나눴고, 청동빛 하늘에선 은하수가 반짝였다.

"이 별에는 어떻게 올 수 있었니?"

"꽃 피는 바다별을 찾아가다가 뿔피리 소리를 듣게 되었지."

"꽃 피는 바다별?"

"응."

"아름다운 곳으로 가고 있구나! 바다에도 꽃은 피거든."

"정말?"

달팽이는 믿지 못하겠다는 듯 물었다.

"바다에는 그물이 없어."

"무슨 뜻이야?"

"사람들 마음에는 그물이 많아서 꽃을 잘 피우지 못하거든. 숨 쉬기도 어려운 아주 촘촘한 그물 말이야. 바다에는 그물이 없어. 바다는 무명無明 같은 곳이거든. 집착과 회한과 미움 없이 모든 걸 품어주는 곳이지. 그물이 없기에 사랑의 씨앗 하나만 톡 떨어져도 꽃을 잘 피울 수 있단다. 꽃 피는 바다에서 너는 어떤 꽃을 볼 수 있을까?"

뿔피리를 목에 건 어린이는 마치 어떤 일이 일어날지 안다는 듯한 미소를 건넸다. 달팽이는 여행이 사람과 사물 사이에 수없이 많은 다리를 놓아 서로를 이어주는 곳이란 것을 깨달았다.

"너는 어디로 가는 중이니?"

달팽이가 이상한 뿔피리를 부는 어린이를 보고 말했다.

"어디로? 어디로든지! 프란츠 슈베르트의 연가곡 『아름다운 물방앗간 아가씨Die schöne Müllerin』에 「어디로?Wohin?」라는 곡이 있어. 슈베르트도 원래 우리 별의 어린이였는데, 지구별로 여행 갔다 아예 그곳에서 살게 됐지. 그러나 이 별을 떠나면 애석하게도 얼마 못 사는 게 우리의 숙명이거든. 그는 우리 별에서 거리의 악사였어. 「어디로?」는 생이 어디로 갈지 모르는 방랑의 길이고, 어디로든지 가야만 하는 방랑자라는 것을 암시하고 있지. 진실하고 순수한 사람의 마음에서 반짝이는 빛을 찾아 어디로든지 가고 싶어!"

이상한 뿔피리를 부는 어린이는 '어디로든지'를 향해 갔다.

"꽃 피는 바다별을 찾으려면 '어디로' 가야 할까?"

달팽이가 중얼거리자 바오밥나무가 말했다.

"어디로든지!"

멀리서 뿔피리 소리가 들려왔다. 어린이의 이상한 뿔피리는 은빛 바다에 번지는 예언자 소리 같기도, 오랜 친구인 환상 같기도, 투명한 햇살에 반짝이는 침묵의 소리 같기도 했다.

장례식에 가는 달팽이들의 노래

달팽이들의 세계에도 법식이 있다.

'달팽이들은 좌절을 하면 안 된다'는 것이다. 좌절하고 살아가기엔 주어진 생이 너무 짧기 때문이다. 지금, 여기에서 최선을 다하라는 것이 달팽이 세계의 진리다. 달팽이들에게 속도란 바람처럼 지나가는 환상이기에 그들은 느림을 통해 현재를 즐기려 한다. 자연 속에서 느림을 추구하는 것도 빠름이 삶의 흐름을 파괴한다고 믿어서이다.

달팽이 역사에는 달팽이로 사는 것에 자긍심을 가지라는 내용이 잘 나타나 있다. 까마득한 옛날 2억 6천만 년 전과 2억 5천만 년 전, 두 번에 걸쳐 고생대 생태계를 완전히 파괴한 페름기-트라이아스기 대멸종이 있었다. 지구의 생명체 96퍼센트가 멸종하는 대량 절멸이 1,500만 년간 이어졌다. 그 이후 달팽이들은 300만 년 동안 지구를 지배했다. 현생인류의 등장이 불과 30만 년 전이니 달팽이들이 인간보다 먼저 원시 지구의 주인이었던 셈이다. 그러니 당연히 자긍심을 갖고 달팽이답게 살아야한다고 달팽이사史는 기록하고 있다.

약 46억 년 지구 역사에 비하면 30만 년이니 300만 년이니하는 시간은 찰나에 불과하지만, 달팽이들은 자신들이 살아온역사 앞에서 고귀한 숨소리를 듣고 있는 것이다. 몽상가 달팽이역시 어떤 일이 있어도 좌절하지 말 것과 어떤 상황에서도 자긍심을 가지라는 말을 귀에 못이 박이도록 들어왔다.

달팽이는 낯선 별에 갈 때마다 존재에 대한 물음과 더불어삶과 죽음에 대한 생각이 깊어질 수밖에 없었다. 우주에서는 죽음이 한결 더 가까이 있는 것 같았다. 별과 별 사이를 지나며 보는 우주의 신비한 광경은 상상을 넘어 현실이라고 믿기 어려웠다. 어느 순간 죽음의 시간으로 빨려 들어갈지도 모른다는 공포를 느끼기도 했다.

달팽이가 죽음에 대해 처음 생각한 것은 지구에서 다른 달팽이들을 만났을 때였다. 낯선 별에서 잠자리에 들기 전 오래전 일이 떠오른 것은, 죽음이란 말이 가깝게 느껴져서였을까. 별빛이환하여 잠도 오지 않아서인지 달팽이는 그때가 생생히 떠올랐다.

달빛이 이슬 내린 풀잎에서 뭉근하게 빛나고 있었다. 자작나무 숲을 지나 몽상가 달팽이와 바오밥나무는 밤길을 가는 다른달팽이들을 만났다.

"안녕, 친구들."

몽상가 달팽이가 반갑게 말했다.

"어디 가는 중이니?"

"장례식에 가고 있어."

검은 상복을 입은 달팽이가 말했다.

몽상가 달팽이 얼굴에 달빛 희뿌연 그늘이 드리웠다.

"너희는 죽음을 준비하니?"

장례식에 가는 달팽이의 느닷없는 물음에 몽상가 달팽이와 바오밥나무는 당황했다.

"죽음……?"

몽상가 달팽이는 아무 말도 할 수 없었다. 죽음은 너무 멀리 있는 타자의 이야기이며, 자신만은 영영 죽음의 늪에 빠질 것 같지 않았기 때문이다. 누구나 한 번쯤은 그런 생각을 하는 것처럼, 자신은 죽음을 초월한 특별한 존재라고 여겼다. 그런데 죽음이라니! 겉으로 말은 안 했지만 '난 아직 죽음을 생각할 때가 아니야. 삶을 생각하는 것만으로도 너무 벅차거든' 하며 못마땅한 투로 언성을 높여 "죽음?"이라고 되물었다. 웃음을 지으면서도 조금 어처구니없다는 표정이었다. 검은 상복을 입은 달팽이 역시 그 말의 뉘앙스를 모르지 않았다. 누구든지 죽음을 자기와는 상관없는 일인 듯 말하곤 하니까.

"메멘토 모리memento mori를 생각해봤니?"

"메멘토 모리?"

"'죽음을 기억하라'는 뜻이야. 옛날에는 승리한 개선장군이 시가행진을 할 때 뒤따르는 노예에게 큰 소리로 '메멘토 모리'라고 외치게 했대. 중세의 수도사들도 인사말로 '메멘토 모리'를 말했다더라. 죽음은 미완의 생을 완성시키는 종鐘이거든. 생은 죽음이라는 이름의 종이 울릴 때 육체는 썩을지라도 살았을 때의 선함을 증명하게 되니까. 죽음은 위대한 미완의 생이야. 메멘토 모리는 생을 진실하고 고귀하게 만드는 삶의 언어지."

장례식에 가는 달팽이가 말했다.

"네 말을 들으니 갑자기 삶에 대해 겸손해지는 것 같아. 알수 없는 회한에 눈물도 날 것 같고…… 메멘토 모리를 생각하니 당연하다고 여긴 지난 시간들을 돌아보게 되고, 아득한 우주의 한 점도 못 되는 생이 경건해지는 것 같아. 죽음이란 말이 삶을 정화시키다니. 어둡고 음습하고 영원히 헤어날 길 없는 악마의 미로 죽음이, 삶을 구원하는 메시아라니. 아…… 이 쓸쓸한 환희 같은 전율은 무엇이지!"

몽상가 달팽이가 말했다.

"메멘토 모리는 삶의 역설이거든. 우리는 매일 죽어가고 있는 삶의 한가운데 있어. 잠시 잊고 살 뿐이지. 죽음이란 잠시 유보된 생의 일부니까."

장례식에 가는 달팽이가 말했다.

"너는 어디로 가는 길이니?"

"꽃 피는 바다별을 찾아가려고 해. 우주 어딘가에는 꽃 피는 바다별이 있대."

"아주 먼 길을 가려 하는구나. 여행길에 벗하라고 재미있는 이야기 하나 들려줄까?"

몽상가 달팽이는 눈을 동그랗게 뜨고 장례식에 가는 달팽이 말을 기다렸다.

죽은 나뭇잎의 장례식에

두 마리 달팽이가 조문하러 길을 떠났다네

검은 색깔의 껍데기 옷을 입고

뿔 주위에는 상장을 두른 차림이었네

그들이 길 떠난 시간은

어느 맑은 가을날 저녁이었네

그런데 슬프게도 그들이 도착했을 때는

이미 봄이 되었다네

죽었던 나뭇잎들은

모두 부활하여

두 마리 달팽이는 너무나 실망했네

하지만 해님이 나타나

그들에게 이렇게 말했네

괜찮으시다면 정말 괜찮으시다면

여기 앉아서 맥주 한잔 드시지요

혹시 생각이 있다면

정말 그럴 생각이 있다면

파리로 가는 버스도 타보시지요

오늘 저녁 떠나는 버스가 있으니까요

여기저기 구경할 수도 있지요

하지만 이제 상복은 벗으세요

내가 꼭 당부하고 싶은 말이지요

상복은 눈의 흰자위를 검은빛으로 만들고

우선 인상을 보기 싫게 하지요

죽음의 사연들은 무엇이건

아름답지 않고 슬픈 법이지요

당신들에게 맞는 색깔

삶의 색깔을 다시 입으세요

그러자 모든 동물들

나무들과 식물들이

노래 부르기 시작했네

목이 터져라 노래했네

살아 있는 진짜 노래를

여름의 노래를 불렀네

그리고 모두들 마시고 모두들 건배했네

아주 아름다운 밤이었네

그러고 나서 달팽이 두 마리는 집으로 돌아갔네

집으로 돌아가면서 그들은 아주 감동했네

집으로 돌아가면서 그들은 아주 행복했네

술을 너무 많이 마신 탓인지

그들은 조금씩 비틀거렸네

하지만 하늘 높은 곳에서

달님이 그들을 보살펴주었네

　　　　　　— 자크 프레베르, 「장례식에 가는 달팽이들의 노래」 전문*

"자크 프레베르라는 초현실주의 시인의 시야."

눈을 지그시 감고 시를 읊은, 장례식에 가는 달팽이가 말했다.

"정말 초현실을 노래하는 시 같아. 현실을 초월하면서도 현실을 좀더 깊은 눈으로 바라보게 하는 삶의 노래야. 삶은 그렇게 무겁지도 형이상학적이지도 않고 떨어지는 나뭇잎처럼 가벼운 것이라는, 그러나 '죽음의 사연들은 무엇이건 아름답지 않고 슬픈 법'이라는 시구가 메멘토 모리를 생각하게 만드는 멋진 시야!"

몽상가 달팽이는 시에 취해 있었다.

"그렇지? 시인은 삶과 죽음의 이중주를 동화적으로 노래했어. 모닥불을 피우는 밤이면 별이 내려온다는 신비한 바오밥나

　　* 　자크 프레베르, 가브리엘 르페브르 그림, 『장례식에 가는 달팽이들의 노래』, 오생근 옮김·해설, 문학판, 2017.

무 숲에 살며 오늘도 생의 근원을 탐구하느라 여념 없는 500년을 산 초현실주의 연금술사는, 이 시를 두고서 '죽음과 슬픔의 겨울을 지나 기쁨과 생명의 봄으로 전환된 축제의 분위기를 초현실적 상상력으로 노래한다'*라고 했거든."

장례식에 가는 달팽이가 맞장구쳤다.

"맞아. 삶이란, '죽음과 슬픔의 겨울을 지나 기쁨과 생명의 봄으로' 건너가는 축제야. 삶이란, 죽은 나무일지라도 기어코 씨앗을 틔워 가만가만 퍼져나가는 생명을, 생명력의 전율을 만드는 것이지. 또 삶이란, 죽음에 저항하며 꽃을 피우는 벼락같은 순간이야!"

몽상가 달팽이는 얼굴이 발그스름하게 상기되어 말했다.

"하지만 친구들! 시인의 말처럼 '죽음의 사연들은 무엇이건 아름답지 않고 슬픈 법'이라지만, 그렇다고 삶의 사연들이 무엇이든 아름답고 기쁜 것은 아니야. 아름다움이 항상 진실한 게 아니고 진실한 것이 항상 아름다운 게 아니듯, 삶은 추한 것들 한가운데에서 아름다움을 증명해야 하거든. 나무들은 죽음이 '꿈 없는 잠'이란 것을 알기에 천둥 치는 밤이나 꽃 핀 봄날, 폭설 내린 별이 빛나는 밤이나 꿈을 통해 아름다움을 성장시키지. 삶이 아름다운 건 죽음처럼 불멸을 말하지 않고 꿈을 꿀 수 있기 때문이야."

* 오생근 해설, 「자크 프레베르, 거리의 초현실주의자」, 같은 책, 75쪽.

바오밥나무가 달팽이들을 보며 이야기했다.

달팽이들과 바오밥나무는 시에 나오는 삶과 죽음에 대해 자기 생각을 말하며 즐거운 시간을 보냈다.

"장례식에 가는 달팽이들아, 고마워!"

"아니야, 우리도 장례식이 끝나면 죽음의 뒤안길로 난 무언가를 찾아 여행을 가려고 해. 꽃 피는 바다별을 찾아간다는 너희의 여행 이야기 즐거웠어. 잘 가!"

몽상가 달팽이와 바오밥나무는 지구에서의 추억을 회상하며 낯선 별에서 깊은 잠에 들었다.

제비꽃, 난 지금 가보지 못한 길을 만드는 중이야

"꽃 피는 바다별은 어디쯤 있을까?"

제비꽃으로 뒤덮인 별, 가파른 절벽에서 달팽이가 꽃에게 물었다.

"꽃 피는 바다별? 바다에 꽃이 핀다고?"

고개를 갸우뚱하며 제비꽃이 말했다.

달팽이는 어느덧 바다에도 꽃이 핀다고 믿고 있었다. 하늘거리는 꽃 무리 중 키가 제일 작은 제비꽃이 달팽이에게 물었다.

"꽃 피는 바다별은 왜 찾는데?"

"난 지금 희망을 찾아가고 있거든!"

"희망?"

키 작은 제비꽃은 희망이란 말을 듣는 순간, 바닷가 기암절벽 길게 내민 곳에서 불어오는 풋풋한 바람 냄새를 맡았다.

"너는 희망을 무엇이라고 생각하니?"

제비꽃은 엷은 미소를 머금은 채 달팽이의 대답을 기다렸다.

"희망은 우연이 아니야. 사과나무의 사과는 우연히 떨어지기도 하지만, 희망은 저절로 떨어지는 열매가 아니거든."

"그게 무슨 말이니?"

"희망은 불완전한 시작이라는 말이야. 희망은 완성품이 아니고 끊임없이 기다림으로 채워가야 한다는 뜻이지."

제비꽃으로 뒤덮인 산언덕은 보랏빛 주단을 깔아놓은 듯 바람이 불 때마다 꽃물결이 일었다. 절벽 너머 바다 위로 한 무리의 철새가 지나는 동안, 제비꽃과 달팽이와 바오밥나무는 말을 잊은 채 그 광경을 바라보았다.

"너희는 노을 저 건너 어느 별에서 왔니?"

제비꽃은 우주의 방랑자인 달팽이와 바오밥나무를 호기심 어린 눈으로 바라보며 물었다. 둘은 제비꽃에게 지구별 이야기를 들려주며 주로 희망에 대해 말했다.

"우리 별에 사는 풍뎅이나 사슴벌레, 나비, 장수하늘소, 감꽃, 반딧불이, 딱따구리, 할미꽃, 파랑새 그리고 약초 캐는 사람이나 등산하는 사람들도 희망이란 말은 많이 하지만, 그 의미를 잘 알고 있진 못했거든.

벌레와 꽃, 사람들은 관성적으로 시간에 기대 살아갔어. 시간의 미로를 따라 하염없이 그 그림자를 쫓아가는 삶 말이야. 그러다가 시간의 먼지가 되어 사라지고 마는……

사람들은 무엇인가 희망적인 '것'을 품은 듯한데, 그건 희망이 아니었어. 사람들이 품은 희망적인 '것'이란 알고 보니 우상 숭배 같은 것이었지. 이성이 결여된 환상으로서의 희망이라고 할까, 박제되어버린 희망이라고 할까. 무엇이 '되기' 혹은 무엇을 '갖기'로서의 희망은 껍데기 같은 것이야. 진정한 희망이란 존재 자라는 것을 자각하기까지의 기다림이지.

눈을 자극시켜 환영을 보지 말고 환영에 도취되어 온갖 욕구 를 희망이라고 착각하지 말고, 내가 존재자라는 걸 인식하는 긴 기다림의 시간을 통과해야 하거든. 존재자란 정신Geist적인 인 간으로 살아가는 거야. 아름다운 사람으로 살기 위하여 정신에 꽃을 피우다 보면, 우리는 존재자로서 희망을 품을 수 있다는 거 지."

제비꽃은 바람의 말을 듣기라도 하듯 꼼짝하지 않았다.

"제비꽃아, 너는 희망을 무엇이라고 생각하니?"

"희망이란 제자리에서 꽃을 피우는 일이야."

제비꽃은 한 치의 망설임도 없이 답했다.

"제비꽃, 너는 몽상 속의 조붓한 오솔길을 열어주는 영혼의 탐색자야. 작은 몸으로 꽃을 피우는 너는!"

달팽이는 가녀린 꽃대만으로 꽃을 피운 제비꽃이 대단해 보 였다.

"꽃을 피우는 데 높고 낮음은 중요하지 않아. 빗방울이 높은 산과 낮은 산을 가리지 않고 떨어지듯, 세상의 꽃들도 높고 낮은

곳을 가리지 않고 꽃을 피우니까. 꽃을 피우는 일은 세상에 가보지 못한 길을 만드는 것이니까. 내가 깎아지른 기암절벽에서도 꽃을 피우는 이유가 무엇인지 아니?"

달팽이와 바오밥나무는 대답하기 어려워 긴장한 표정으로 제비꽃을 바라보았다.

"희망이 절벽에도 있기 때문이야. 희망이란 말만으로 희망을 품을 수는 없단다. 기대이며 가능성인 희망은 척박한 땅속에서 숨 쉬는 무엇인가에 꽃을 피우려는 지고한 투쟁이니까. 깎아지른 낭떠러지 바위틈에서도 희망은 꽃을 피워내지. 절벽에는 누구든 가보지 못한 길이 있으니까."

제비꽃은 칼바람에 흔들리면서도 바람을 딛고 다시 일어서며 말했다.

"나무가 상처 많고 아픈 삶으로부터의 피난처라면, 꽃은 불완전한 생을 아름다운 상상력으로 바라보게 하지. 나무가 존재만으로 삶이 견고해지는 법을 알게 해준다면, 꽃은 우리가 추한 것들 속에 있다는 걸 깨닫게 해. 아무리 힘들어도 세상이 진실하고 선한 건, 나무와 꽃이 척박함 속에서도 끝없이 아름다움을 추구하고 희망을 만들어가기 때문이지."

바오밥나무가 제비꽃에게 화답하자, 셋은 물결이 춤을 추듯 이야기를 이어갔다.

'꽃들은 무엇 때문에 어디에서나 희망을 말하려는 것일까, 외로울 텐데. 바람이 불어야만 움직일 수 있으니 언제나 저 모습으로 있으려면, 고독할 텐데. 누구와 말을 할까, 비가 내리면 그 비를 흠뻑 맞고 죽음의 춤 같은 시간도 있을 텐데. 천둥이 울리고 벼락이 쳐도 꼼짝없이 서 있어야 하는 꽃은 얼마나 인내심이 강한 것일까.' 달팽이가 제비꽃에 대해 생각하는 사이 바오밥나무가 작별을 고했다.

"만나서 반가웠어. 제비꽃아!"

"안녕, 달팽이야! 안녕, 바오밥나무야!"

네안데르탈인과 빙하 추모비

머나먼 별만이 낯선 별이 아니라 지구도 낯선 별이다.

바다 깊은 곳이나 땅속은 물론 만년설 산 밑에 무엇이 숨어 있는지, 고래와 코끼리는 어떻게 말하는지, 장미와 제비꽃의 언어는 무엇인지, 나무와 나무 사이의 신호는 어떤 색인지, 꽃들은 얼마나 정확한 시계를 지녔길래 때가 되면 꽃이 피고 지는지…… 우린 알지 못하는 게 너무 많으니까.

달팽이는 지구에 있을 때도 궁금한 게 많았다. 별에서 바라보는 지구는 아이가 갖고 노는 파란 구슬만 해 보였다. '저 신비한 파란 구슬에는 얼마나 많은 시간과 이야기가 쌓여 있을까.' 큰 숨을 내쉬는 달팽이 눈에 그리움이 묻어났다.

숯검정처럼 짙은 눈썹에 맑고 투명한 눈빛을 한 네안데르탈인 생각이 났다. 빙하 추모비를 세운다고 했었지……

네안데르탈인은 뿔이 없다.

그러나 꽃 피는 바다별을 찾아가기 전에 우연히 만난 네안데르탈인은 뿔이 나 있었다. 달팽이는 뿔 난 네안데르탈인이 신기했다. 뿔보다 정말 이해할 수 없던 것은 네안데르탈인이 왜, 지금도, 숲속에 살고 있느냐였다.

네안데르탈인은 오랜 옛날 지구상에서 절멸하여 사라진 지 오래였다. '3만여 년 전 멸종한 네안데르탈인이 어떻게 살아 있을 수 있을까?' 달팽이는 진화를 거스르는 현실 앞에서 고개를 갸우뚱하며 생각했다. '참 신기한 일이다! 어떻게 이런 일이 가능하지? 혹시 안개 낀 하얀 숲 어딘가에 과거로 시간 여행을 할 수 있는 스타게이트가 있는 건 아닐까?'

네안데르탈인 허리춤에는 돌도끼가 꽂혀 있고, 한 손엔 끝이 뾰족한 돌창을, 다른 한 손엔 연보랏빛 무꽃을 쥔 채 향기를 맡고 있었다. 눈은 원시림을 덮은 하늘빛마냥 투명했고, 눈썹은 숯검정처럼 짙고 하현달 모양으로 둥글어 순한 얼굴이 동네 구멍가게 아저씨를 닮았다. 그래서인지 그 맑은 눈동자에 비친 달팽이는 하얀 쪽배를 타고 밤바다를 여행하는 것처럼 보였다. 네안데르탈인의 두드러진 특징은 눈두덩 위 뼈가 툭 튀어나온 돌출 이마였다. 키는 작은 편이며 팔다리는 짧고 굵었지만, 한눈에 보아도 무척 강인한 종족이란 걸 알 수 있었다.

"안녕하세요."
달팽이와 바오밥나무가 공손히 인사했다.

"안녕, 꼬마 달팽이와 바오밥나무야!"

"무척 고독해 보이시네요."

네안데르탈인은 하늘을 찌를 것같이 자란 가문비나무 아래서 무엇인가 골똘히 생각하며 뾰족한 돌 조각으로 땅에 그림을 그리고 있었다. 그는 달팽이에게 동굴 벽에 자연의 무늬를 그리길 좋아한다고 말했다. 달팽이는 그가 동굴 벽에 꽃과 나무, 새와 들소, 사람, 산과 강을 그린 이라고 직감했다.

"살아 있는 것은 모두 고독하단다."

흙에 무엇인가 그리던 네안데르탈인이 말했다.

네안데르탈인의 존재도 수수께끼였지만, 그의 말은 수수께끼의 옷을 한 꺼풀 더 입고 있었다.

"고독한 존재라는 건 외롭다는 말인가요?"

달팽이가 네안데르탈인을 쳐다보며 말했다.

"외로움은 존재자의 특권이야. 외로워한다는 건 살아 있다는 내적 각성이거든. 외로움을 친구라고 생각해봐. 사는 동안 함께 살아가는 친구. 외롭다는 건, 아주 치열하게 살고 싶다는 고백이거든. 외롭다는 건, 지금 꽃 한 송이를 피우려 한다는 신호이고, 지금 햇빛 한 줌을 잉태하려는 내적 계시이고, 지금 별 알에서 파란별로 깨어난다는 비밀을 말하는 거야."

네안데르탈인이 손바닥에 올라앉은 달팽이를 바위에 내려놓으며 말했다.

"외로우면 까마득히 먼 우주에서 들려오는 침묵의 소리도 느낄 수 있다는 말이네요?"

달팽이가 몽상하듯 말했다.

"그렇고말고. 외롭다고 느낄 땐 먼 곳에서 소리 없이 다가온 빗방울이나 눈송이일지라도 나를 각성시켜주지. 외로움은 자기를 관찰하라는 보이지 않는 불꽃이거든. 자기 안쪽으로 들이치는 한 줄기 빛살 무늬 같은 것이야. 내면을 들여다보라는 신호!"

네안데르탈인이 대답했다.

"그럼 고독은요?"

달팽이는 무척 고독해 보이는 네안데르탈인의 대답이 궁금했다.

"고독…… 꼬마 달팽이야, 넌 고독의 어디까지 내려가보았니?"

"……"

달팽이는 아무 말도 하지 못했다.

"고독의 밑바닥에는 생각하는 나무 한 그루가 자라고 있어.

이 나무는 오직 생각만을 뿌리로 흡수해 자란단다. 한번 상상해봐. 사막으로 된 고독의 밑바닥에 나무 한 그루만 동그마니 서 있는 풍경을. 사막이 아름다운 건 황량한 사막 맨 밑에 생각하는 나무가 있기 때문이야. 고독하면 고독할수록 생각하는 나무가 잎을 틔울 수 있으니, 정신은 맑아지고 사물의 본질 자체를 볼 수 있지. 달팽이야, 너는 죽음에 이를 만큼 고독해본 적 있니?"

174

"……"

"존재가 고독해지면 마음의 심연에 있는 생각하는 나무가 색색깔의 등불을 달거든. 그러니 고독해진다는 것은 삶과 세계를 좀더 열정적으로 바라볼 수 있다는 것이지. 깊이 사색할 수 있는 등불을 켠다거나, 누군가의 마음에 등 하나 달아줄 수 있게 된다는 말이야. 참, 바오밥나무는 고독을 무어라고 생각해?"

연보랏빛 물든 무꽃을 달팽이와 바오밥나무에게 건네며 네안데르탈인이 말했다.

"나무들이 자기 연민에 빠지지 않는 것은 자신에 대한 믿음이 있기 때문이에요. 산정에서 바람 부는 방향으로 나무가 휘고, 천둥 번개가 칠 때면 두려움에 떨고, 척박한 땅에서 고통을 느낄수록 나무들은 진화를 통해 더 단단한 나무가 되어가죠. 나무들에게 고독은 바람 같은 것이에요. 바람이 분다고 바람을 탓하지 않듯, 고독 또한 바람처럼 지나갔다 되살아오는 삶의 흔적이라 여겨요. 나무들이 고독을 아름답게 생각하는 것은 고독에 반영된 불멸의 정신을 느낄 수 있기 때문이에요.

나무들은 고귀하고 단순하고 위대하게 존재하는 법을 온몸으로 알아가고 있어요. 앵두나무를 보세요! 늦봄 무렵 야윈 가지마다 빨간 등을 밝히며 온 산과 마을을 불그스레 물들이잖아요. 나무들은 고독할 시간에 꽃을 피우고 열매 맺기 위해 자신과 투쟁하지요. 누군가 나무를 보고 경탄한다면 외적인 아름다움이

아니라 고독을 품은 채로, 언제나 신성한 모습으로 올곧게 서 있
으려는 불굴의 정신 때문일 거예요."

"이젠 고독을 좀더 사랑할 수 있을 것 같아."

네안데르탈인과 바오밥나무의 말을 들은 달팽이가 말했다.

네안데르탈인과 이야기를 나누면서도 달팽이가 내내 궁금
했던 건, 오랜 옛날 절멸한 그가 지금 어떻게 눈앞에 있는가였다.
바람의 문을 열고 나왔는지, 햇빛의 이면 어두운 틈을 비집고 살
아났는지 아무리 생각해도 알 수가 없었다. 달팽이는 호기심 어
린 침을 꼴깍 삼키며 네안데르탈인 앞으로 한 걸음 더 다가섰다.

"네안데르탈인들은 현생인류와의 경쟁에서 밀려나 모두 멸
종하지 않았나요?"

달팽이는 더 이상 궁금증을 견딜 수 없어 질문을 던졌다가
멸종이라고 말한 게 조금 미안해졌다.

"멸종?"

네안데르탈인은 파란 하늘을 보며 의미심장한 웃음을 지어
보였다.

"우리는 멸종한 게 아니란다. 지구 최후의 빙하기라 할 수
있는 뷔름 빙기가 지금으로부터 11만 년 전 시작되어 1만 2천 년
전에 끝났지. 약 10만 년 정도 지구의 마지막 빙하기가 지속된
셈이야. 현재는 빙하기 이후의 간빙기일 뿐이고.

우리 네안데르탈인은 빙하기 얼음 속에 잠들어 56억 7천만

년 후에 다시 깨어나기로 약속했단다. 멸종이 아니라 깊은 잠에 든 거야. 죽음보다 깊은 잠의 고독! 그런데 말이야, 언제부터인지 날씨가 급속도로 따뜻해지며 빙하가 녹기 시작했어."

네안데르탈인이 시무룩한 표정으로 말했다.

"지구가 너무 따뜻해진 바람에 우리가 잠에서 깨어난 거야. 56억 7천만 년에서 겨우 3만 년 정도밖에 못 잤으니…… 이런, 이건 잠들자마자 깬 거나 다름없네. 아직도 56억 6천 997만 년을 더 자야 하잖아."

달팽이는 자기도 네안데르탈인의 잠을 깨운 것 같은 생각에 미안한 마음이 들었다.

"북극 영구동토대가 녹는 바람에 더 이상 잠들 수가 없었어. 빙하는 단순히 눈이 동결된 거대한 얼음 덩어리가 아니라, 억겁의 시간과 숭고한 숨결이 고여 있는 우주의 비밀스러운 명상록이거든. 잠에서 깬 네안데르탈인들은 녹아버린 빙하를 위하여 빙하 추모비를 세우고 있단다."

달팽이는 빙하 추모비라는 낯선 말을 듣고 깊은 침묵에 휩싸였다. 네안데르탈인이 사라져가는 빙하를 순례하며 빙하 추모비를 세우고 있다니……

"침묵의 소리를 따라가다 보면 빙하가 무너져 내리는 우레 같은 소리가 들리거든. 우리가 사는 공간 어딘가에는, 사라졌지만 사라지지 않은 풍경들이 숨어 있어. 보이지 않는 어딘가에서

다가오는 빛과 어둠과 희망을 생각해봐! 산봉우리에 피었다가 사라진 무지개와 미루나무 꼭대기에 걸린 구름 한 조각도 지 공간 어딘가에는 들어 있지. 사라지는, 사라지지 않는 것들의 흔적이라고 할까……"

달팽이는 빙하 추모비 앞에서 묵상했다.

"그럼 이제 어디로 가려고요?"

달팽이가 물었다.

"사막을 찾아가고 있어. 해 지는 길을 따라가면 사막이 나올 거야. 사막은 먼 옛날 초원이었거든."

달팽이는 별이 빛나는 밤, 별을 보고 사막을 찾아가는 네안데르탈인을 상상했다.

"사막은 영혼의 숨결이 반짝이는 곳이지. 사막이 빛나는 것은 오래전에 존재했던 것들이 신호를 보내기 때문이야. 사막은 거대한 무덤이거든. 별빛의 무덤, 달빛의 무덤, 꽃들의 무덤, 정령의 무덤, 동물의 무덤, 사람의 무덤…… 그뿐인가, 바람의 무덤, 햇빛의 무덤, 생각의 무덤도 있거든. 모래 속 어딘가에는 소녀가 된 딸에게 스밀로돈의 이빨로 내가 만들어준 목걸이도 반짝이고 있을 거야.

나는 옛 초원의 냄새를 맡으며 아스라한 길을 찾아가고 있어. 사막 어딘가에는 초원이 있고, 초원의 빛 잠든 숲이 있을 거야. 인간은 그 숲에서 나왔으니 그 숲을 찾아가는 거지. 사람들은 언젠가 다시 숲에서 살게 될 거야."

네안데르탈인은 달팽이와 바오밥나무에게 자신의 이야기를
들려주었다. 달팽이는 전해 들은 말을 시로 썼다.

6만 년쯤 전일까

빙하기 지난 어느 봄날 동굴에서 새와

뿔 달린 사슴과 들소, 사람이 있는 벽화를 그리다

당신이 보았을 밤하늘의 별을 본다

별은

반짝임으로 당신과 나를 이어주는

우주의 창

별의 화석에는

새 발톱을 다듬어 여자에게 준 목걸이 걸려 있고

어머니를 땅에 묻고 들꽃 뿌리던 눈물 반짝이고

아프고 상처 입은 이들과 나이 든 이를 보살핀

당신 종족의 위대함도 새겨져 있다

나는 당신이 동굴에 박혀

파멸당하지 않을 예술을 꿈꿨다는 걸 안다

그러나 당신들은 절멸하고

거대한 벽화만 남아 호모 네안데르탈렌시스를 증명한다

별이 빛나는 것은 아름다워서가 아니라

누군가 걸어간 흔적이 남아 있기 때문이다

별을 바라보면

우주의 문을 열고 걸어오는 사람이 있다

"정말 고마워……!"

네안데르탈인의 얼굴에 눈물 한 방울이 스쳤다.

"누군가를 기억하고 추억할 수 있는 것은 마음으로 그를 보았기 때문이에요."

달팽이가 말했다.

"너흰 어디로 가는 길이니?"

네안데르탈인이 선한 눈을 끔벅이며 물었다.

"꽃 피는 바다별을 찾아갈 거예요. 파란별이 그곳에 떨어졌거든요."

'바다에 핀 꽃들은 얼마나 아름다울까! 파도가 밀려올 때마다 바다엔 꽃의 무도가 펼쳐지겠지……' 네안데르탈인은 꽃 피는 바다란 말에 잠시 눈을 감고 그 광경을 상상했다.

"파란색은 신성한 빛을 의미하지. 파란별을 찾으면 내 이야기도 전해줘."

네안데르탈인은 꼭 파란별을 찾으라며 달팽이와 바오밥나무와 작별했다. 그들도 네안데르탈인이 영원히 녹지 않을 새 빙하 지대를 찾기 바란다며 행운을 빌었다.

달팽이는 신비한 우연이 펼쳐지는 삶의 길목에서 그를 다시 만날 수 있기를 바랐다.

누구에게나 괴물이 있는 법*

　　초가을 해가 수평선을 물들이는 해거름 녘에 달팽이는 드디어 꽃 피는 바다별에 닿았다.

　　쑥부쟁이 핀 바닷가 모래언덕을 지나자 파도 소리가 점점 크게 들려왔다. 달팽이는 흥분된 마음에 두리번거렸다. 어디가 하늘이고 어디가 바다인지 혼란스러웠다. 난생처음 광막하게 펼쳐진 바다를 보자 달팽이는 눈이 휘둥그레졌다. 숲이 세상의 전부라 믿었던 달팽이는 별을 여행하며 우연히 만난 이들을 통해 삶이란 결국 내면으로 가는 낯선 길이란 것을 깨달았지만, 바다는 결이 다른 길이자 미지의 세계이며 또 하나의 우주란 생각이 들었다. 달팽이는 바다 앞에 선 자신이 한 점도 되어 보이지 않았다. 짧은 순간, 달팽이는 삶의 허무함을 느꼈다.

　　숲속의 몽상가 달팽이는 검은 구름이 낮게 깔린 바닷가를 보

　　*　　보들레르의 시 제목. 오생근 엮고 옮김·해설, 『시의 힘으로 나는 다시 시작한다』, 문학판, 2020.

며 경탄하는 수도사처럼 탄식하듯 혼잣말을 했다.

"숭고한 대자연 앞에서 무력하기 짝이 없는 나라는 존재는 무엇일까? 저 무한한 바다에 비하면 삶이란 얼마나 찰나적일까? 한 줌도 되지 않는, 조명탄 불빛보다 더 짧은 순간 비쳤다 사라지는 게 삶 아닐까? 어떻게 살아야 나답게 사는 것일까? 이 광활한 우주에서!……"

"삶이란 어디서 와서 어디로 가는 것일까? 바다가 물살 속에 답을 숨겨놓았을지, 별들이 우주 어딘가에 반짝임으로 남겨놓았을지 알 수 없는 게 삶 같아. 진정한 삶이란 무엇일까? 난 이 짧은 생을 정말 진실하게 살고 싶어. 어떻게 살아야 그렇게 사는 것인지 잘 모르겠어. 아무도 가르쳐주지 않았거든. 시간 속을 여행하며 조금씩 조금씩 사랑의 빛을 드러내기 위해 노력하는, 그러다 어느 순간 사랑의 빛이 되어 이 바다 푸른 물결이나 저 하늘 별로 반짝이는 게 아름답고 진정한 삶 아닐까?

삶이란 빛을 내기 위해 끊임없이 연마되는 과정일 거야. 죽음만이 생을 완성시킬 뿐, 삶이란 쉼 없이 미완의 껍질을 벗겨가는 과정을 통해 만들어지는 것! 설령 삶이 매끄럽게 연마되지 못하고 울퉁불퉁한 채 남거나, 한 점 빛으로 반짝이지 못하더라도 슬퍼할 건 없어. 숲을 이룬 나무들을 봐. 나무들은 빛을 낼 수 없고 빛이 되려 하지도 않으며 있는 그대로의 모습으로 서 있지만, 빛을 받아 반짝이는 숲을 이루잖아. 나 자신 빛이 될 수 없다면 나무처럼 빛을 받아 반짝이는 괴물 같은 존재가 되면 돼.

그래, 어쩌면 우리는 삶을 연소시켜 사랑의 빛으로 변신해가는 괴물일지도 몰라. 사랑이라는 이름의 괴물, 평소에는 가만히 있다가 사랑의 빛이 충만해질 때 비로소 본래 얼굴을 드러내는 괴물 말이야."

달팽이는 모놀로그를 하는 배우처럼 바다를 무대 삼아 홀로 묻고 홀로 대답하며 해변을 산책했다. 바닷가를 거닐며 느낀 작은 깨달음이, 생에 대해 숙고하던 몽상하는 방랑자가 마침내 바다에 이르러 치르는 고귀한 통과의례라고 달팽이는 생각했다.

"유한한 삶이란, 오지 않을 그 무엇을 기다리는 것처럼 고독이 투명해질 때까지 기다리고 또 기다리며 길을 찾는 것일지도 몰라. 여행이 우리에게 가르쳐준 지혜는 오지 않을 시간을 기다리는 것만으로도 생에 감사할 일이란 거지. 신이 인생의 선물을 바닷속 깊은 물살에 숨겨놓아 우리가 찾을 수 없고, 별의 이면에 감춰놓아 우리가 볼 수 없는지도 모르니까. 그럼에도 불구하고 어딘가에 숨겨진 보물을 찾아가는 게 삶이야. 사랑이라는 이름의 그 보물 조각은 정신에 등불을 켜주는 무언의 빛이거든. 그 빛살 무늬가 눈부시게 퍼져 정신을 밝혀줄 때, 우리는 좀더 아름다워질 거야."

달팽이의 모놀로그를 듣고 있던 바오밥나무가 말했다.

달팽이는 바닷가의 수도사처럼 삶에 대해 경건한 묵상을 했

다. 햇살에 반짝이는 유리알처럼 투명한 청록빛 파도가 줄지어 밀려왔다 밀려가는 풍경이 바다의 유희 같아 보였다. 검은 머리 깃털에 부리가 노란 찌르레기 한 쌍이 "찌르 찌르릇" "찌릇 찌르르" 노래 불렀다.

"바다는 또 하나의 거대한 우주, 쉴 사이 없이 줄달음쳐오는 저 파도의 흰 꽃 좀 봐. 밤하늘이 별의 우주라면 별을 비추는 밤바다는 우주의 거울. 해와 꽃, 달과 강, 별과 섬, 별이 빛나는 밤에 별빛 스친 자리는 모두 별이 된다. 바다로 별이 진다. 이 바다 어딘가에 어머니의 어머니의 어머니가 억겁의 시간을 낳은, 어머니가 감춰둔 달팽이들의 그리운 숨결이 있겠지."

달팽이는 수평선을 바라보며 바다에 시를 쓰는 시인처럼 말했다. 바오밥나무도 묵묵히 노을 지는 바다를 바라보았다.

꽃 피는 바다별의 현자

    달팽이와 바오밥나무는 꽃 피는 바다별을 거닐다가 어부를 만났다.

    어부는 바닷가에서 나고 자라 한평생 꿈만 낚다 보니 어느덧 노인이 되었다며 수평선을 바라보았다. 길게 내쉰 어부의 한숨이 햇빛을 가르며 길을 내더니 이내 사라져갔다. 꽃 피는 바다별의 어부는 고기가 아니라 꿈을 낚으며 살아간다. 이 별에선 꿈이 밥이다. 하지만 어부 노인이 어떤 색깔의 꿈을 그물로 건졌는지, 얼마나 많은 꿈을 모았는지는 아무도 모른다. 뭉게구름 피어오른 바다로 만선의 깃발을 단 통통배가 지나가자 갈매기들이 끼룩대며 뒤를 따랐다.

    달팽이는 처음 보는 통통배와 갈매기와 수평선을 덮은 뭉게구름이 경이로웠다. 지나온 여행길을 되돌아보니 모든 길은 바다로 수렴되고, 몽상가란 길이 끝난 지점에서 바다 너머를 꿈꾸는 자이며, 끝이 없는 길은 필연적으로 자기 내면을 향하고 있다는 것을 깨달았다. 달팽이는 자신을 방랑의 길로 인도한 삶에 감사했다.

"낯선 것들 사이에서 낯선 길을 만들어가는 게 삶이구나! 삶이 신기한 이유는 밖으로 길을 낼수록 내 안에 길이 생긴다는 거야. 참 희한하지. 길에는 얼마나 많은 삶의 은유가 새겨져 있을까!"

달팽이는 바다를 보며 혼잣말을 했다. 그는 삶의 은유가 길이고, 길의 은유가 삶이라고 생각했다.

"할아버지! 억겁의 시간을 품은 바다에는 무량한 시간의 신화가 쌓여 있겠지요? 헤아릴 길 없는 바람의 흔적과 갈매기들의 날갯짓도 남아 있겠지요?"

"시간이란 수많은 풍경을 간직한 거대한 우주란다. 시간 속을 비춰주는 거울이 있다면 삶이 남겨놓은 비늘 한 조각, 삶에 생채기 낸 어떤 순간의 얼굴, 사랑했지만 세월에 묻혀 까맣게 잊고 지낸 그리운 사람도 볼 수 있을 거야. 시간을 곁에 잡아두고 싶지만, 그물눈을 빠져나가는 물살처럼 아무리 헤집어봐도 잡히지 않는 게 인생 같아. 오래지 않아 나도 시간의 먼지가 되겠지만……"

어부는 넋두리하듯 말했다. 달팽이는 구릿빛 얼굴에 굵은 주름이 깊게 파인 어부를 보며 오래된 시간의 흔적을 떠올렸다. 보이지 않는 시간이 얼굴에 새겨놓은 주름의 굴곡은 장엄한 비가 같기도 하고, 흑백필름에 새겨진 모노드라마 같기도 했다. 강렬한 태양과 바다에 순응하고 거친 해풍과 투쟁하며 얼굴에 수만 갈래 바닷길을 낸 어부는 바다처럼 보였다.

"할아버지는 물빛만 보아도 바다를 알 수 있겠네요?"

"그럼! 물빛만 보면 오늘은 바다가 아픈가 보구나, 물결을 보니 마음이 심란한가 보구나, 파란 하늘색을 닮아 먼 길 다녀오려나 보구나, 섬으로 돌아올 때 눈 맑은 사람의 소식을 싣고 왔구나, 하고 짐작할 수 있지. 빛깔은 마음에서 나오거든."

"빛깔이 마음에서 나온다고요?"

"한평생을 바다와 벗하며 살다 보니 빛깔이 보이더구나. 바닷가에 쏟아지는 햇빛은 원시적인 투명함과 작살 같은 날카로움, 길들여지지 않는 마성이 있거든. 바다에 반사되는 햇빛이 신비한 무늬인 건 햇빛의 마음이 보여서 그래. 바다라고 다르지 않아. 바다에 수많은 생명이 살아가는 것은 바다가 유기체이기 때문이지. 유기체들은 저마다 변화하는 빛깔을 간직하고 있거든. 바다의 빛깔은 바다의 마음이야."

"할아버지는 빛깔의 연금술사 같아요!"

"빛깔의 연금술사? 허허, 멋진 말이구나. 넌 몽상가 같아. 누군가의 마음에 든 빛깔을 알아볼 수 있고 그 빛을 사랑하는 몽상가 말이야! 오해하지 말거라. 몽상가란 헛된 생각을 즐기는 자가 아니라 꿈을 꾸는 자거든. 지금, 여기에서의 삶을 빛내기 위해 현

실 너머 초현실을 동경하고, 이데아의 동굴에서 빛을 훔쳐오는 그런 사람 말이야. 모든 존재는 저마다의 빛깔을 만들어내는 빛의 연금술사란다.

다만 어떤 존재가 자기 빛깔을 잘 내지 못하는 건, 자신의 안쪽을 돌아보지 않기 때문이지. 안쪽에는 우리가 잘 모르는 고귀한 빛깔이 살고 있거든. 사람들은 숨어 있는 빛깔은 모른 채 밖에서만 눈부신 빛을 찾으려 하지. 바깥에만 한눈 팔다 보면, 그것들은 빛을 잃고 심연에 깊숙이 숨고 말거든."

달팽이는 파도에 삶을 단련시키며 어느 순간에도 의지를 꺾지 않고 살아온 깊은 눈의 어부가 현자처럼 보였다. 어부는 뱃사람으로 살아오며 한 치도 바다 울타리를 벗어나지 못했지만, 바다가 어부를 현자로 만들었다고 생각했다.

바다의 현자란, 바다를 낯설게 재현하여 삶을 아름답게 해주는 자유인이라고 생각했다. 너른 마음과 따뜻하면서 심미적인 눈의 특권을 지닌 사람이라고 할까. 어부가 현자일 수 있는 이유는 '시간이란 수많은 풍경을 간직한 거대한 우주'란 사실과, '빛깔이 마음에서 나온다'는 미학을 체득했기 때문이다. 바다도 현자였다. 달팽이가 바라본 바다는 생명을 품은 거대한 우주였다. 바라만 보아도 무언으로 삶의 번뇌를 치유하는 풍경으로서의 현자였다.

"달팽이야, 너는 어디서 왔고 어디로 가는 중이니?"

"파란별을 찾으러 지구별에서 왔어요."

"지구별! 그곳은 어떤 별이니?"

"맑은 공기가 있고 만년설 덮인 산에 나무숲이 울창한 별이지요. 계절마다 색색깔의 꽃들이 피고 새들은 노래하고 아침이면 온 누리를 반짝이게 하는 해가 떠올라요. 연초록 나뭇잎 사이로 비치는 햇살은 신의 신성한 눈빛 같고요. 저녁마다 해 지는 풍경은 생명체들이 자신의 삶을 되돌아보게 하는 마력이 있어요. 먼 옛날 불기둥을 뿜어낸 화산들이 지금도 불의 알을 낳고 있어서 언제 터질지 모르는 뜨거운 꿈틀거림이 있는 곳이에요."

"아주 멋진 별에서 왔구나. 그런데 파란별을 찾으러 왔다고?"

"네. 혹시 파란별을 보셨어요?"

"파란별이라, 파란별…… 그래! 어느 날 꿈이 담긴 그물을 걷고 돌아오던 초저녁에 바다로 떨어지는 걸 보았단다. 처음엔 산호섬 위에 으레 뜨는 초저녁 별이거니 했거든. 한데 보랏빛 도라지꽃만 하던 별이 점점 푸른빛의 섬광을 내며 바다로 떨어지지 않겠니! 순간, 바다는 쪽빛으로 물들었지. 어릴 적 어머니가 물들인 남색 저고리 색깔 같은 바다를 보았지. 너는 그 별을 찾아온 거구나. 아주 작은 별이던데……"

"정말이요?"

"저기 산호섬에서 멀지 않은 곳인데, 한눈에 보아도 새파란 물빛을 띠고 있는 곳으로 떨어졌단다. 이곳을 꽃 피는 바다별이라 부르는 것도 저 새파란 물빛 때문이지."

"새파란 물빛 때문에요?"

"그렇단다. 새파랗다 못해 눈이 시린 저 바다에서는 사랑이 꽃핀다고 하여 꽃 피는 바다별이라고 부른다는 이야기가 있거든. 어릴 적 마을 어르신들한테 들은 얘기야.

어렸을 땐 잘 몰랐는데 이제 와 그 말뜻을 곰곰이 되새겨보니, 삶이란 사랑을 꽃피우는 바다 같단 생각이 들어. 꽃 피는 바다별이란 이름도 실은 바닷가 사람들이 품은 삶에 대한 열망, 즉 삶에 사랑을 꽃피우고 싶다는 뜨거운 마음이 반영된 것 아니겠니? 사랑을 꽃피우는 바다처럼, 사랑을 꽃피우기 위해 마음을 다하며 사는 게 진실한 삶인 것 같아.

몽상가 달팽이야! 너는 사랑을 꽃피워봤니?"

달팽이는 사랑을 꽃피워봤냐는 할아버지의 물음에 가슴이 먹먹해졌다.

"할아버지는 사랑을 꽃피워보셨어요?"

"사랑이라……"

어부도 가슴이 먹먹하기는 마찬가지였다. 어부와 달팽이와 바오밥나무 사이로 파도가 밀려와 부서졌다. 바다는 마법의 파란 거울처럼 어부를 비췄다. 바다 거울에 비친 그는 지나온 삶을 헤적이며 무언가를 찾는 사람처럼 보였다. 어느 순간 눈빛이 반짝거릴 때도 있었지만, 하염없이 줄지어 달려왔다 되돌아가는 파도처럼 속수무책으로 바라볼 수밖에 없었다는 체념의 눈빛을 띠기도 했다.

"삶이란 사랑을 꽃피우기 위한 긴 여행 같구나. 누구든 사랑을 꽃피우고 싶지만 완성되지 않고, 완성될 수도 없고, 그저 시간의 점선을 따라 사랑이라는 이름의 꽃씨를 심으며 사랑을 위한 서시를 써 내려가는 게 삶 같다는 생각이 들어. 살아보니 진정한 사랑이란 삶의 그늘에 피는 꽃 같거든. 신산스러운 삶의 언덕 그늘마다 꽃을 피운 어머니의 사랑 말이다."

"할아버지 말을 들으니 진정한 사랑만이 존재의 기적을 일으키는 것 같아요."

어부의 말을 듣던 바오밥나무가 말했다.

"오! 너야말로 존재의 기적을 보여주는 사랑의 나무구나. 나무만큼 세계와 우주를 조화롭게 연결하는 영물은 없지. 나무의 영혼은 나무속의 나무에서 잎을 틔우고 잎을 떨구며, 진리와 아름다움이란 이렇게 명징한 거라고 보여주잖니. 나무는 우뚝 서 있는 존재만으로 사랑의 풍경을 보여주고 우리를 끝없이 각성시키지 않니, 바오밥나무야?"

"할아버지는 사랑의 비원을 품은 한 그루 나무 같아요."

"허어, 그래. 어쩌면 우리 모두 나무가 되고 싶은지도, 나무처럼 살고 싶은지도 몰라."

바오밥나무는 할아버지야말로 숯가마에 켜켜이 쌓인 통나

무가 숯으로 변해가는 동안, 오도카니 불 앞에 앉아 자기 앞의
생을 관조하는 화신火神 같다고 여겼다. 그의 말에는 파토스적
인 어떤 흔적도 찾아볼 수 없었으며, 구수하고 융숭한 말의 깊이
가 보였고, 이성적 언어로는 설명할 수 없는 초이성적인 힘이 느
껴졌다. 할아버지의 영혼을 들여다보면 발갛게 달아오르는 숯불
같은 투명한 눈이 빛날 것만 같았다.

달팽이는 어부가 자신의 생에서 사랑을 꽃피웠는지 알 순 없
었지만 그건 중요하지 않다고 생각했다. 사랑의 꽃은 그렇게 단
박에 피었다 지는 꽃이 아니란 생각이 들었다. 어렴풋하게, 아주
어렴풋하게 나타났다 사라지면서 사라지지 않고, 필 것 같지 않
지만 더디게 새순을 틔워 꽃의 우주를 여는 게 사랑이란 생각이
들었다.

달팽이는 지나온 여행길을 회상하며 해변을 걸었다. 미풍 불
어오는 해변은 시간의 묘지 같았다. 그러나 살고자 하는 의지가,
살아야 한다는 명제가 충만해지는 시간의 묘지…… 달팽이는 이
바다 어디에선가 자신을 부르는 소리를 들었고, 저 바다 어디쯤
에서 자기의 생이 거듭날 것을 직감하면서 하염없이 바다를 바
라보았다.

지상에 존재하는 모든 것은 별이다

달팽이와 바오밥나무가 꽃 피는 바다별에서 만난 신성한 바오밥나무는 나무의 어머니 같았다.

시간의 풍상에 마모되면서도, 폭풍우에 나뭇가지가 부러지고 줄기가 파여 커다란 구멍이 나면서도, 영생을 누리는 나무처럼 헤아릴 수 없는 세월 동안 봄이 오면 푸른 잎을 틔우고 꽃을 피워 열매를 맺는 게 신비했다. 코끼리에서 개미에 이르기까지 생명체들은 신성한 바오밥나무의 젖을 빨고 살았으며 사람이라고 다르지 않았다. 신성한 바오밥나무는 살아 있는 것들에게 은신처와 꿀을 제공하는 삶의 거처였고, 어려운 일이 생기면 찾아가 속마음을 털어놓는 정신적 지주였다. 달팽이는 대지에 솟아오른 거대한 신전 같은 신성한 바오밥나무를 까마득하게 올려다보며 말을 건넸다.

"나무의 우주이신 신성한 바오밥나무님, 혹시 꽃 피는 바다로 떨어진 파란별을 보셨나요?"

"파란별은 왜 찾는 거니, 달팽이야?"

신성한 바오밥나무의 말에 달팽이는 잠시 머뭇거렸다. 별빛
만나는 별빛같이, 바람 만나는 바람같이 달팽이는 파란별을 만
나고 싶었을 뿐이다.

'나는 왜 파란별을 찾아 꽃 피는 바다별까지 멀고 먼 여행을
한 것일까?' 순간 달팽이는 존재론적인 회의에 휩싸였다. 원초적
인 여행으로 초대되어 무작정 떠나온 것인지, 숲으로부터의 떠
나옴이 별을 찾는 방랑의 길로 인도한 것인지, 아니면 먼 곳에의
동경 때문인지 불분명했다. 여행에서 만난 이들과 주고받은 많
은 이야기와 파란별을 찾아온 이유가 주마등처럼 달팽이를 스쳐
지났건만, 신성한 바오밥나무의 질문에 아무 말도 하지 못했다.
찰나라는 침묵의 바다를 스치는 시간이 지나고서야 달팽이는 신
성한 바오밥나무의 물음에 대답을 했다.

"파란별을 만나면 무한 시간이 쌓여가는 저 우주에서 반짝
이는 빛은 어떻게 내는지 물어보고 싶었어요."

"별처럼 빛을 내는 방법? 그건 어려운 게 아닌데."

"정말요?"

"반짝이는 빛을 내려면 먼저 먼지의 무게를 알아야 해."

"먼지의 무게를 알아야 빛을 낼 수 있다고요?"

"그래."

달팽이는 황당했다. 먼지의 무게를 알아야 한다니. 이해할수 없다는 듯 눈을 동그랗게 뜨고 고개를 갸우뚱하는 달팽이에게 신성한 바오밥나무가 부드러운 목소리로 말했다.

"애야, 별은 어떻게 만들어지는 줄 아니?"

"……"

"우주 공간에는 구름처럼 희게 보이는 천체, 즉 가스나 우주 먼지의 집합체인 성운이 있거든. 별은 이 성운 속에서 탄생한단다."

"별이 우주의 가스와 먼지에서 만들어진다고요?"

"우주의 가스와 먼지로 이루어진 별들의 고향에선 형형색색불꽃놀이가 끊임없이 일어나고 있지."

달팽이는 신성한 바오밥나무의 말을 듣고서 별이 탄생하며빛을 내는 방식을 어렴풋하게 알 수 있었다.

"파란별을 찾아 꽃 피는 바다별까지 온 달팽이야, 별이 탄생해 고귀한 빛을 내려면 우주의 가스와 먼지가 필요하듯, 너도 별처럼 빛을 내려면 네 삶에 낀 먼지를 두려워하지 말거라.

달팽이야, 누구든 자신의 생을 헤적여보면 슬픔이 새겨진'눈물의 날'은 물론이고 좌절과 상처, 고독과 외로움, 불확실성, 사랑의 상실, 아픔이라는 이름의 가스와 먼지가 있단다. 살아가는 동안 네 몸과 정신에 낀 세속의 먼지는 네 안의 별을 탄생시키는 재료일 뿐이야. 너 역시 우주의 별 하나 탄생시키는 아름다운 별 알인 거야. 네 정신의 별 알에서는 지금도 세속 먼지가 뭉쳐지며 별 하나가, 빛무리가 탄생하고 있거든. 그러니 네 안의 먼지, 즉 상처나 좌절을 극복하려 너무 애쓰지마. 그것들은 극복하는 게 아니라 네가 안고 함께 살아가야 할 것들이니까."

달팽이는 신성한 바오밥나무의 말을 들으며 자신도 우주를 만드는 작은 별 알이란 걸 알고 무척 기뻤다.

'내가 광활한 우주 속 하나의 별 알이며 빛을 뿌리는 별이라니…… 끝도 보이지 않고 가늠조차 할 수 없는 하나의 불꽃이며 작은 우주라니!' 달팽이의 마음 깊은 곳에서 신비한 빛이 켜지는 것 같았다.

"달팽이야, 또 한 가지 사실은 너 역시 우주의 어느 별에서 왔단다."

"네? 제 고향이 다른 별이라고요? 아니에요, 저의 조상은 먼 옛날 지구별의 바다에서 왔거든요."

"내 말도 맞고 네 말도 맞는단다."

"에이, 그런 말이 어디 있어요?"

"아득한 옛날 한 점에 갇혀 있던 우주의 모든 물질과 에너지, 시공간이 대폭발했을 때부터 지금까지 우주는 계속 팽창 중이란다. 별들이 폭발하면서 떨어져 나간 별의 잔해들은 우주 공간에서 새로운 별과 행성을 만드는 재료가 되었지. '사람 뼛속의 칼슘과 핏속의 철분도, 태양이 생겨나기 전에, 우리 은하계에서 폭발한 이 별들 속에 들어 있었던 것'이라는구나. 어느 시인은 「밤하늘에 반짝이는 내 피여」*라는 시에서 '너 반짝이냐 / 나도 반짝인다, 우리 / 칼슘과 철분의 형제여'라고 노래했단다.

생명체들 몸에서는 별의 피가 반짝이는 것이지. 어쩌면 우리 영혼의 한 조각은 저 은하의 강 너머 수천만 광년 혹은 수백억 광년 떨어진 닿을 수 없는 별에 살고 있는 또 다른 영혼 한 조각을 그리워하느라 저렇게 푸른빛을 내는지도 몰라."

신성한 바오밥나무의 말을 듣던 달팽이는 숨이 뜨거워지는 것을 느꼈다. 영혼의 반쪽이 저 광막한 우주 어느 별에 남아 여전히 반짝이고 있다고 생각하니 삶이 신비하게 여겨졌다.

"신성한 바오밥나무님! 파란별은 어디 있을까요?"

"파란별은 여기 없단다."

"네? 파란별이 없다고요? 꽃 피는 바다별에 파란별이 없다니요?"

달팽이는 소스라치게 놀랐다. 천신만고 끝에 여기까지 왔는데 파란별이 없다니…… '그럼 꽃 피는 바다별에 떨어진 파란별이 다시 하늘로 치솟아 올랐단 말인가?' 달팽이는 아무리 생각해봐도 신성한 바오밥나무의 말이 믿기지 않았다.

"애야, 별이 떨어지는 것은 하나의 현상이란다. 별똥별이 꽃

---

*   정현종, 『세상의 나무들』, 문학과지성사, 1995.

피는 바다별로 떨어지던 그 모습…… 물론 사물에 나타나는 현상도 중요하지만, 잘 보이지 않는 본질도 중요하지. 별은 우주에도 있지만 네 마음에도 있어. 너는 네 안쪽에 있는 별은 찾지 않고 바깥쪽에 있는 별만 찾아다녔구나. 달팽이야, 보이는 별만 찾지 말고 보이지 않는 별을 찾아보렴. 별이 빛나는 이유가 무엇인지 아니?"

"……"

"별들은 우리가 알 수 없는 외계 언어로 말하고 있을지 몰라. '네 안에서 빛나는 별을 찾아봐! 어쩌면 네 안에서 잠든 빛을 일어서게 하는 게 진정한 별을 찾는 일 아니겠니?'라고. 달팽이야, 네 안에 잠든 빛의 숨을 틔우도록 해봐."

"내 안에도 별이 숨 쉬고 있다고요?"

"그럼. 봄이 오면 나무들이 가지마다 새순을 밀어 올려 꽃을 피우듯, 자신을 별빛이 새순을 밀어 올리는 '별 나무'라고 생각해봐. 별빛이 숨을 틔운 네 몸과 정신은 얼마나 눈부실까?"

달팽이는 말의 블랙홀 같은 신성한 바오밥나무의 이야기에 빠져들수록 호기심 어린 눈을 더 반짝였다.

"나를 보렴. 내 몸에는 헤아릴 수 없는 별빛이 깃들어 있단다. 수백만 년에서 길게는 수천억 년을 살기도 하는 별들의 생에 비하면 나무들의 생이란 보잘것없을지도 몰라. 하지만 나무들은 이 세계의 불협화음 속에서도 언제나 푸른 빛을 내며 명상의 공간을 만들어주지. 매 순간 저 스스로 빛을 내기 위해, 매 순간 바라보는 자에게 빛의 눈을 뜨게 하기 위해 존재하는 게 나무들이거든."

달팽이는 신성한 바오밥나무의 말을 집중해 들으며 숨을 크게 들이쉬었다.

불쑥 그에게 다시 물었다.

"그럼 지금까지 저와 바오밥나무가 파란별을 찾아온 것은 헛된 일인가요?"

"얘야, 네가 지나온 모든 길은 네 안에 수많은 생각의 길을 만들어주었을 거야. 몸에 새겨졌을 방랑의 지도는 정신의 숲에 아름다운 풍경이 되었을 거고, 지나온 길은 지나온 대로 하나의 빛이 되어 눈을 뜨게 했을 거란다. 내 몸은 시간의 풍상이 퇴적한 것이지. 내 안에는 시간의 무늬와 햇빛의 질량, 천둥의 노래, 바람의 무게, 별들의 반짝임이 깃들어 있단다. 시간의 도도한 흐름 앞에서 겸허하게, 때로는 투쟁하며 산 흔적이랄까……

달팽이야, 바오밥나무야. 너희가 별에서 만난 이들뿐 아니라 돌멩이 하나, 나무 한 그루, 꽃 한 송이, 시냇물 한 줄기는 모두 빛이었어. 그것들은 살아 있는 유기체로 너희 안에 남아 오솔길을 냈을 것이고, 그 작은 길들은 결국 미지의 길로 이어지며 너희 생의 보이지 않는 길을 보이게 만들어갈 거야.

파란별은 꽃 피는 바다별뿐 아니라 세상 어디에도 있고, 네 안에도 있다고 생각해보면 어떨까?"

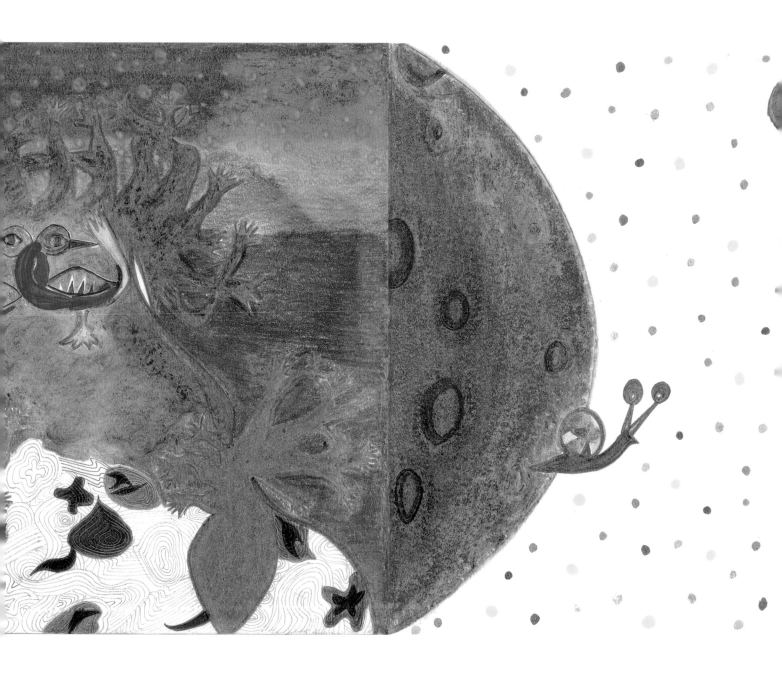

달팽이와 바오밥나무는 신성한 바오밥나무의 말을 들으며 깊은 상념에 잠겼다. '보인다는 것은 무엇이고 보이지 않는 곳에 존재하는 것이란 무엇이지? 정말 무지개 너머엔 우리가 모르는 보이지 않는 세상이 있을까? 생이 보이지 않는 것을 보이게 만들어가는 것이란 말은 무슨 의미일까……' 달팽이는 세상 어디에도 있고 자기 마음속에도 있다는 파란별을 찾아 방랑을 계속할지 마음이 심란해졌다.

"신성한 바오밥나무님, 파란별은 정말 어디에나 있고 제 마음속에도 있을까요?"

"달팽이야, 길이 끝난 곳에서 다시 시작되는 게 길이란다. 그게 길의 속성이고 길의 숙명이야. 땅끝도 우주도 길의 끝은 아니야. 그건 지리적인 표상일 뿐 길은 어디에나 있거든. 파란별도 마찬가지야. 파란별은 밤하늘에도 유성처럼 사라져간 별빛에도 있고, 길과 길, 세상과 세상, 우주와 우주, 네 심연에도 있어. 길이란 하나의 징후일지도 몰라. 누구든지 빛의 눈을 뜨면 보게 되는, 그 길! 파란별을 만나면 어떻게 빛을 내는지 물어보고 싶다고 했지?"

"네."

"네가 숲에서 본 밤하늘 별빛이나 꽃 피는 바다별로 떨어진 파란별은 비밀의 화원에 핀 꽃 같은 것이란다. 신비하고 화려하지만 만지려 하면 보이지 않는 꽃 같은 별. 달팽이야, 네가 본 별은 아주 오래전에 사라졌어."

"별이 사라졌다고요?"

"별빛은 사라져간 별의 흔적이야. 달팽이야, 이제부터는 네 스스로 빛을 내는 별이 되도록 해봐. 미지에 대한 갈망은 자기 안에 숨은 별의 불씨에 불꽃을 피우는 거란다.

파란별을 찾아 먼 길 왔는데 별이 오래전에 사라졌다고 허탈해하거나 슬퍼할 건 없어. 아주 오랜 세월 동안 허무와 슬픔, 좌절과 상처를 헤아릴 수 없이 겪으며 현재의 내 모습이 만들어진 거란다. 그 과정 속에서 늘 '나는 되돌아보았고, 멀리 내다보기도 했다'*는 거야.

바오밥나무야, 나를 보거라! 얼마나 당당한 모습이니? 그러나 내 안에는 또 얼마나 많은 허무의 그림자와 슬픔의 눈물과 시간의 생채기, 좌절이란 이름의 쐐기가 박혀 있는지……

보이지 않는 생의 그림엔 무수히 많은 빈손이 그려져 있단다. 생은 양면의 얼굴을 하고 있거든. 어느 날 빈손을 보여주면 다음 날은 또 무엇인가 빛나게 해주니까. 나무들은 중력을 두려워하지 않고 변함없는 수직성으로 곧게 자라지 않니.

낯선 시간을 두려워하지 마, 바오밥나무야. 나뭇잎들은 생명이 다하면 떨어져 죽지만, 땅을 덮은 나뭇잎들은 새로 돋아나는 씨앗의 거름이 되잖아. 마치 폭발한 별의 잔해들이 죽어가면서

---

* 프리드리히 니체, 『바그너의 경우·우상의 황혼·안티크리스트·이 사람을 보라·디오니소스 송가·니체 대 바그너』, 백승영 옮김, 책세상, 2002.

도 저 광막한 우주 공간에서 새로 탄생하는 별과 행성의 씨앗이 되는 것처럼 말이야. 자기 안의 푸른 별빛을 찾아가는 방랑에 기쁨 있을지니!"

달팽이와 바오밥나무는 신성한 바오밥나무의 말을 들으며 제 안에 숨은 파란별을 찾아 길을 떠나기로 결심했다. 방랑자가 아름다운 건, 방랑이 미지의 생을 빛나게 할 파란별의 의미를 알게 했기 때문이다.

'꽃 피는 바다별에서 길은 끊어졌지만 길이야 다시 내면 되는 것. 내가 걸으면 길이 되는 것이다.' 달팽이는 머릿속으로 다짐했다. '창밖에는 언제나 별이 빛나고 있어. 다만 태양이 빛나는 동안 별은 잠시 빛을 고르고 있을 뿐이지. 파란별을 만날 수 있을지 고민할 필요는 없어. 내가 별의 이름을 부르는 곳이라면 별은 언제나 반짝이고 있을 거야. 삶에 대한 감사가 깊어지는 어느 날, 길가의 돌멩이, 보랏빛 제비꽃 한 송이, 싱그러운 바람 한 줄기, 나무에게서도 파란별을 찾을 수 있을 거야. 삶이란 자기 자신에게 지나온 발자취를 이야기하며 시간 여행을 하는 것이니까!' 숲속의 몽상가 달팽이는 그런 생각을 하며 마음을 다잡았다.

바오밥나무도 신성한 바오밥나무의 말을 듣고 파란별을 찾아 꽃 피는 바다별까지 온 방랑의 의미를 마침내 깨달았다.

땅에 떨어진 나뭇잎들이 새로 돋아나는 씨앗의 거름이 되듯,

별의 잔해들이 우주 공간에서 새로 탄생하는 별들의 씨앗이 되 듯, 자신도 꽃 피는 바다별에 남아 무언가를 위한 씨앗이 되어주 고 싶었다. 자기만의 별을 찾아 우주를 방황하는 또 다른 몽상가 들에게 바오밥나무는 그 무엇이 되고 싶었다. 달팽이와 함께 파 란별을 찾아 여행하며 만났던 많은 이들이 생의 이면을 바라보 게 하고, 생의 그늘을 사랑하게 해준 것처럼……

긴 여행을 함께한 달팽이 친구와의 이별이 슬프지만 바오밥 나무는 모든 나무의 어머니이신 신성한 바오밥나무 곁에 남기로 했다.

바오밥나무는 막상 달팽이와 헤어진다고 생각하니 목이 메 어 아무 말도 할 수 없었다. 달팽이 역시 눈가에 눈물방울이 맺히 기 시작했다. 아무도 걸어간 적 없는 대설원 앞에 서 있는 것 같 은 달팽이와 바오밥나무는 가보지 않은 길을 홀로 가야 한다는 두려움에 더 막막해지는 것 같았다. 한참이 지나서 바오밥나무 가 말을 꺼냈다.

"너는 떠나고 없을지라도 너와 함께한 시간들은 내 등에 드 리운 햇살처럼 언제나 반짝이고 있을 거야."

바오밥나무는 눈물을 감추려고 초록 잎사귀를 만지작거렸다.

달팽이는 금방이라도 눈물이 터질 것만 같았다. 달팽이와 바 오밥나무는 눈물을 감추려고 했지만, 그것은 참아지는 게 아니 었다. 눈물은 어느 순간 터져야 하는 것이고, 눈물에 의해서 사랑은 더 아름다워지며, 눈물에 의해서 우정은 더 고귀해진다. 흘려라 눈물! 차라리 눈물로 마음을 씻어야 새로운 길을 갈 수 있을지니, 흘려라 눈물! 눈물은 생의 아름다운 정화수다.

새로운 길을 떠나는 날, 초저녁 별이 반짝였다. 오늘따라 유난히 빛나는 별빛 때문에 멀어져가는 달팽이는 별빛을 타고 가는 것처럼 보였다. 어디선가 길거리 악사가 연주하는 마누엘 폰세Manuel Ponce의 「작은 별Estrellita」 소리가 들려왔다. 심금을 울리는 바이올린 소리를 들었는지, 달팽이가 손을 흔드는 게 아렴풋하게 보였다. 달팽이는 별나라로 가는 길목에서 자신이 몽상을 즐기고 꿈을 꾸던 숲으로 다시 돌아가기로 했다. 멀고 먼 기다림 끝에는 언제나 설레는 미래가 있고, 꿈은 어디서든 꿈을 꾸는 자의 몫이니까……

언젠가 달팽이는 자기 안의 파란별을 찾을 수 있을까요?

언젠가 밤하늘에서 반짝이던 파란별처럼 달팽이는 빛을 내는 법을 찾을 수 있을까요?

여행을 통해 달팽이가 체득한 것은 내면에는 어떤 빛이 자라고 있다는 신세계를 발견한 것. 어느 순간 아름다운 그 빛은 태어나겠지요.

어느 별의 구비에서 다시 만날지 모르지만 달팽이와 바오밥나무의 뒷모습에 별빛이 반짝이자 둘은 빛-물결에 실려 가는 것 같았다. 무엇인가 잃어버린 것 같고 닿을 수 없는 것 같지만, 생은 무언가를 향해, 열려 있는 어떤 것을 향해 나아간다는 것을 둘은 모르지 않으리라.

우리는 호두에서 시간을 꺼내어 시간에게 걷는 법을 가르치지만,

시간은 그 껍데기 속으로 되돌아간다.

〔……〕

이제 사람들이 알 시간이다!

이제 돌이 꽃 필 준비를 할 시간,

설렘으로 가슴이 두근거릴 시간이다.

시간이 될 시간이다.

이제 시간이다.

—파울 첼란, 「빛의 고리」 부분*

지상에 존재하는 모든 것은 별이다.

---

* 파울 첼란, 『죽음의 푸가』, 김영옥 옮김, 청하, 1986, 36쪽.

아름다운 작은 씨앗이 피울 제비꽃 한 송이

─민병일의 『바오밥나무와 달팽이』 짚어 읽기

김병익

(문학평론가)

지난여름, 나는 『바오밥나무와 방랑자』를 읽은 날 밤, 생면 부지의 작가에게 출판사를 통해 알게 된 전화로 이런 문자를 보 냈다: "이 아름답고 예지에 가득한 보물을 조금씩 아껴가며, 하 루에 두어 쪽 정말 아껴가며 보았습니다. 『어린 왕자』보다 통찰 이 깊고 『싯다르타』보다 자유롭고 『크눌프』와 달리 밝고 「나의 청춘 마리안느」의 '아르장탱'과 달리 포용적이며 『데미안』보다 맑은 직관을 저는 보고 있습니다." 생텍쥐페리의 동화, 헤세의 소설들 그리고 쥘리앵 뒤비비에의 영화 주인공들이 우리에게 보 여준 젊음의 방황, 진리를 향한 먼 걸음, 사랑을 위한 떠남을 나 는 민병일의 이 '어른을 위한 동화'에서 예감했다. 작가가 보낸 답장에 대한 답장에서 나는 다시 그의 동화를 넘어서는 순진의 세계에서 "고통과 상처, 흠집과 어려움, 그 숱한 괴로움 속에서 어떻게 순결한 눈, 고답한 정신, 사랑스런 지혜, 자연의 갖가지 들에 대한 부드러운 친화를 쌓아 올릴 수 있었는지, 인간에 대한 경의를 느끼지 않을 수 없었습니다"라고 썼다. 그리고 얼마 후 그는 나의 기대와 예감에 맞추듯 장편의 『바오밥나무와 달팽이』의 완성된 원고를 내게 보냈다. 그것은 '어른을 위한 동화'의 이름을 등에 업은 '방황하는 인간을 위한 각성의 아가雅歌'였다.

나는 이 아름답고 슬기로움이 충만한 상상의 세계에 대해 매우 고단스러워해야 했다. 아름다움은 비평을 거부하고 슬기로움은 해설을 바라지 않고 아름다운 지혜는 뒷글을 반가워하지 않을 것이었다. 그저 아름답고 마냥 지혜로운 것! 마냥 순결하고 그 순수함 앞에서 우리가 입을 떼는 것을 부끄러이 여기게 하는 것, 그 앞에서 우리는 무슨 말을 지껄이고 글을 끄적거릴 것인가. 그럼에도, 작가에게 뒷글을 드리겠다고 한 약속 때문에, 그래서 무슨 덧붙이기를 해야 하긴 할 것이었다. 마침내 내게 와닿은 것은, 읽은 것 다시 읽기, 다시 읽으며 누리기, 누리며 다시 되씹기, 그래서 읽은 글 다시 읽기였다. 가난한 글쟁이, 결코 작가를 벗어나거나 비켜나, 더 누릴 수 있는 상상의 너비로부터도 자유로운, 가림 없는 작가의 상상력에 기대 다시 누리기—나는 물길을 찾아 한없이 뿌리를 뻗치는 바오밥나무의 원대한 사유의 움직임을 흉내 내며, 더없이 느린 걸음으로 우주를 헤매는 달팽이의 작고도 느린 걸음을 따라 그 질긴 발자국을 다시 밟는다. 그것은 내가 읽어본 바 없는, 그리고 그 사상가 발터 베냐민도 미처 쓰지 못하고 바라기만 한, 인용문들의 더미, 그처럼 가득 쌓인 더미의 헤쳐보기가 아닐까. 다시 읽기, 띄엄, 띄엄, 읽기, 그러다가 다시 돌아가 읽기, 건너뛰어 찬찬히 다시 읽으며 헤쳐보기…… 그렇게 또 하나의 메르헨을 지을 수 있다면 얼마나 행복한 읽기의 일이 될 것인가.

*

"낯선 것들 사이에서 낯선 길을 만들어가는 게 삶." 삶이란 이렇게 낯선 것인가. 어느 날 문득 눈앞에 뛴 나무, 길, 익은 얼굴. 그럼에도 다시 보면 아무런 인연 없는 것들. 그래서 나는 '인연 없는 것들과의 인연'이란 말을 썼는가. 그래서 달팽이의 혼자 생각에 고개를 주억거린다: 그렇구나, "삶이 신기한 이유는 밖으로 길을 낼수록 내 안에 길이 생긴다는 거야. 참 희한하지. 길에는 얼마나 많은 삶의 은유가 새겨져 있을까!"(188쪽) 세상은 눈에 훤하지만 그 보이지 않는 안은 은유 덩어리. 그렇기에 삶은 수수께끼이고 끝없는 질문의 연쇄, 해답으로 향하는 문들이 즐비한 아케이드. 그래서 달팽이가 꽃 피는 바다에서 바라본 어부 할아버지는 '무량한 시간의 신화'(같은 곳)였다. "삶이 남겨놓은 비늘 한 조각, 삶에 생채기 낸 어떤 순간의 얼굴, 사랑했지만 세월에 묻혀 까맣게 잊고 지낸 그리운 사람," 그리고 끝내 다다를

"시간의 먼지"(같은 곳).

　달팽이는 "맑은 공기가 있고 만년설 덮인 산에 나무숲이 울창한 별" 지구를 떠나 '파란별'을 찾아 나선다(193쪽). "?는 꿈"으로, 꿈을 꿈이 아니라 "깨어 있는 삶"(47쪽)으로 여기는, 그랬기에 늙은 속세의 지혜 '구루'로부터 추방당한, '숲속의 몽상가' 달팽이의 헤맴은 "사랑을 꽃피우는 바다"이며 "삶에 대한 열망, 즉 삶에 사랑을 꽃피우고 싶다는 뜨거운 마음"(194쪽), 그 아름다운 삶에 대한 열망을 그리워한다. 그럼에도, 아아, "누구든 사랑을 꽃피우고 싶지만 완성되지 않고, 완성될 수도 없고, 그저 시간의 점선을 따라 사랑이라는 이름의 꽃씨를 심으며 사랑을 위한 서시를 써 내려가는 게 삶 같다는 생각"(195쪽)을 짓는다. 이때 던지는 바오밥나무의 말 하나: "진정한 사랑만이 존재의 기적을 일으키는 것"(같은 곳). 아아, 기적은 어김없이 '신기루'로 이 세상에 부재한 것일까. 그러나 할아버지는 그 기적을 신기루라고 생각하는 바오밥나무에게 "너야말로 존재의 기적을 보여주는 사랑의 나무"(같은 곳)라고 명명한다. 기적은 깨우침의 내용이 아니라 깨우침이란 것 자체를 가리킨다는 진실을 할아버지는 간파하고 있었다.

　여행이란 "자기 자신과의 고독한 만남"으로 생각하며 "꿈을 찾아가려는 의지"(56쪽)로 충만해 있는 달팽이가 만난 친구는 코끼리였다. 대초원별을 찾아가는 파란 코끼리는 세상이란 "우리가 알지 못하는 비밀과 보석 같은 이야기를 숨겨두고 있"는 이해할 수 없는 곳이다. 그래서 세상은 누구에게나, 달팽이나 코끼리에게도 "온전히 이해하기 어려운" "낯선 곳"이며, 삶이란 "그 낯섦을 하나씩 풀어가는"(54쪽) 것이다. 우리는 그래서 매일 똑같아 보이는 하루하루, 그 하나의 하루를 조금씩 다르게, 어떤 때는 아주 다르게, 만나고 경험하고 거기서 삶의 작은 자락, 혹은 드물게는 아주 큰 폭을 깨우쳐가는 것인가. 나날의 되풀이, 그 일상의 반복 속에서 키가 조금 자라고 혹은 슬픔이 좀더 깊어지고, 즐거움을 키우고 서러움을 늘리는 것인가. 그것이 한 생애인가. 낯섦을 낯익게 적셔가고 낯익음에서 새로운 낯섦을 찾아내고 그 수수께끼를 궁굴려보는 것, 그것이 무릇 생명 가진 것들의 날이면 날마다 하고, 겪고, 치르며, 되풀이하는 삶의 실제인가.

달팽이가 멈춰 앉은 '울티마 툴레'는 해왕성 너머의 별로 한 세기 전에야 허블 망원경으로 겨우 인간의 눈에 발견되었다. 태양 빛이 미치지 않기에 이 별은 춥고 외롭고 쓸쓸하다. 그 별에는 "고요한 침묵과 바람과 별빛 그리고 얼음의 신이"(37쪽) 지나간 적 있을 뿐이다. 그래서 "우주의 경이로움 앞에서 느끼는 숭고한 절망감"(36~37쪽). 그렇기에 달팽이는 작은 소리로 아는 척하는 씨앗이 반갑다. 그 씨앗은 꽃을 피울 수 있기를 기다리고 있었다. "언제까지?" 달팽이의 물음에 씨앗의 대답은 "그건 나도 몰

라. 45억 년 후엔 이곳이 따뜻해질지 누가 알아." 그 45억 년은 지구의 나이겠다. 그럼에도 씨앗은 꿈을 안고 있다. "난 때를 기다리는 중이야. 아름다움은 어느 순간 태어날 테니까"(39쪽). 그래, 어느 순간 그 45억 년의 어느 순간에 생명이 솟아나고 인간이 태어나고 아름다움을 보고 그것을 만드는 솜씨가 빚어졌다. "45억 년 만에 처음 떨어진 투명한 물방울에 씨앗은 따뜻하게 저며오는 아픔 같은 것을 느꼈다." 그 "아주 미세한 균열"에서 느끼게 되는, "새순을 틔우고 꽃을 피울 것 같은 떨림!"(40쪽)

황금방망이 꼬리털여우를 만난 달팽이는 그의 신비한 침묵에서 "따뜻한 고독"(83쪽)을 느낀다. 명상을 끝낸 여우는 달팽이에게 "이해하려 하지 말고 마음으로 느껴봐"라고 충고한다. "'바라본다'에는 '나는 생각한다'라는 말이 들어 있단다." 그 말에는 "내가 꽃을 피우려 한다는 의지가 깃들어 있으니, 꽃이 피는데 어떻게 상처인들 아물지 않겠"(85쪽)냐는 것. 이 선문답에 이어, "명상은 침묵으로 마음을 봉쇄해 고독한 나를 만나는 일"이라는 말. "엄숙한 고독 속에서조차 느낄 수 없는 숭고한 고독을 느끼려는 게 명상"(86쪽)이라는, "매트릭스 세계를 넘어서려면 마음의 본체, 즉 심안心眼을 떠야"(88쪽) 한다는 까다로움. 그리고 명상에서 침묵을 만나리라는 달팽이의 짐작에 여우는 '유토피아'를 가르친다: "시간과 공간을 뛰어넘는" 곳, "네 마음이 꿈꾸는 곳, 네 희망이 그림을 그리는 곳"(87쪽). 그러니 그리되 실재하지 않는 곳, 그 유토피아U-topia다움, 꿈꾸고 그리움만 보내는 곳, 이 세상에 없는 곳, 한데 마음속에 거듭거듭 다시 살아나는 것, 곳, 것들, 곳들.

달팽이와 바오밥나무는 바람 구두 신은 난쟁이와 함께 만난 장밋빛 할아버지에게 그가 고민하는 '사랑'에 대한 답을 듣는다: 사랑은 "간직하는 것!" 재우쳐 묻는 그들에게 할아버지는 시 구절처럼 끊어 말한다: "부서지고, / 찢기고, / 병들고, / 깨지고, / 상처투성이인 채로, / 사랑을, / 간직하는 것이라네"(68쪽). "간직하다 보면 빛나는 게 사랑이거든." 생텍쥐페리는 어린 왕자로부터 사랑이란 '길들이기'라는 말을 들었던가. 달팽이에게 할아버지는 말한다: "고귀한 순결함은 간직하는 것이지. 상처투성이인 채로 간직하다 보면, 사랑은 저 스스로 빛을 내는 고귀한 위대함이 있거든. 그런데 우주에는 버려진 사랑이 너무 많아……"(같은 곳) 쓸쓸한 것은 사람들이 스스로 버린 사랑이 "저렇게 거대한 은하수가 되어 빛나는 걸 모르고 아름답다고 감탄하"(69쪽)는 것. 결코 버리지 말지니, 도무지 버리지 않아야 할 것이, "부서지고, 찢기고, 병들고, 깨지고, 상처투성이인 채"임에도 '간직'하여 보듬음으로써 사랑으로 키워 빛나게 할 것. 사랑에 대한 또 하나 덧붙이는 정의, 끝없이 다시 고쳐 써도 바뀌지 않고 같은 뜻을 지켜낼 아름다운 그 말, 사랑. 그 사랑의 간직하기.

달팽이는 길을 지나 들을 질러가는 도중 한 갤러리를 만나고, 그 '숲길에서 본 시간개념, 혹은 보이는 것은 보이지 않는 것'이라는 제목의 전람회장에서 '그림 없는 그림'들을 관람한다. 그이름이 '쿤스트'인 화가는 보이지 않는 캔버스의 흰 종이를 보며 당혹해하는 달팽이에게 "형상이 없어도 그림"임을 이렇게 설명한다: "예술은 도덕적 의무가 아니거든요. 예술은 들녘의 꽃이나 나무들처럼 저 스스로 자라 씨앗의 숨을 열고 꽃을 피우며 열매를 맺지요. 예술은 자연 속 대지의 숨 같은 것이에요. 〔……〕 새는 자유로운 비상을 통해 새가 되고 예술은 자유로운 상상을 통해 예술이 되죠"(94쪽). 작가는 무한 자유의 상상력 속에서, 그림 없는 그림이 형상을 키워내고 삶의 자장 속에 있으면서도 그것을 초월하고 불완전한 삶의 내면에 잠든 씨앗에 숨을 틔워준다. 여기서 이 무애의 사상가는 '존재하는 무無'(95쪽)란 개념을 보여준다. 그 반어의 논리는 "의식과 무의식의 경계를 해체시키려는 초현실적인 그림"(96쪽)일까? 그래, 작가는 그것이 "의식과 무의식을 해체하여 새로운 꿈을 그리는 초현실적인 그림"(98쪽) 같다고 말한다. "예술은, 캔버스 너머에 뜬 무지개 같은 것이랄까. 보이지 않는 이데아를 빈 캔버스에 그리는 일이기에, 아무리 그림을 그려도 결국은 보이지 않는 무無 같은 것이라는 말이야. 화가는 박제된 아름다움이 싫어서 빈 캔버스로 남긴 게 아닐까"(98~99쪽). 그림 없는 그림이 우리를 '파괴'하고 비웃고 있으리라. 그러기에 형상 없는 백지의 화폭에서 '그 끔찍한 아름다움'

을 보아내어야 할 것은 그 그림 없는 그림을 보는 이의 삶의 깊이, 그리고 거기서 솟는 한없이 자유로운 상상력이어야 하리라. "언어의 번개가 정신의 번개를 치게 하다니!"(99쪽)

달팽이와 바오밥나무는 "16만 3천 광년 떨어진" 대마젤란 은하에서 "분홍빛 작약"을 "발그레한 아이 볼처럼" 꽃 피운 점방에 붙은 "당신이 잃어버린 '설렘'을 찾아드립니다"(75쪽)란 광고를 읽는다. 이 '설렘을 파는 점방'에 늘어선, 설렘을 사고 싶어하는 이들의 기나긴 줄을 보고 지구는 이미 오래전에 '설렘'이 사라진 별임을 깨닫는다. 이들의 별에서는 "고등어처럼 싱싱한 설렘"(77쪽)이 사라진 지 오래였고, 꽃향기를 맡아도 설렐 줄 모르는 무감한 사람들의 고장이 되어 있었다. "하긴. 사는 것만 한 불가사의가 어디 있고, 사는 것만 한 전위예술이 또 어디 있을까. 산다는 건 영원한 미완성의 실험 작품이잖아" 말하며, "설렘을 잊고 사는 사람들의 설렘은 누가 가져간 것일까?"(78쪽) 탄식하는 달팽이와 바오밥나무 앞에서 점방 주인은 벌 떼처럼 몰려온 이들에게 꽃씨 하나씩 넣은 설렘 상자를 선물한다. 작은 내일이 안겨줄 소망을 잃고 큰 내일만을 기다리는 허망한 기대, 달팽이는 그런 지구인을 바로 보고 있는 것이다.

달팽이가 바로 보는 것은 그것만이 아니다. 아름다움은 가시를 품고 있다는 것! 장미가 달팽이를 향해 "알 듯 모를 듯한 말"

을 주며 하는 "아름다움은 모순적인 거"라는 것! 이 말을 이렇게 뒤집는 것은 모순일까. "가시 속에는 아름다운 것들이 꿈꾸고 있어." "가시의 모순은 사랑의 모순 같은 거야. 가시에 찔릴 때의 쓰라린 고통 없이 진정한 아름다움은 드러나지 않는다는 뜻이지. 그게 가시의 비밀"(108쪽)이라는 것. 이 비의는 사랑, 아름다움, 행복 등 모든 환하게 즐겁고 멋진 말들 속에는 가시 같은 진실의 역설이란 아픔이 숨어 있음을 번개 같은 예감으로 번쩍 어둠을 밝힌다. "가시는 내면의 모순을 뚫고 올라온 존재의 고통을 보여주지. 존재한다는 건 갈망의 연속이니까. 장미꽃은 가시와 가시 사이에서 피어나"(109쪽). 그 말은 이런 열망으로 마디 짓는다: "장미의 완전한 고독이 담겨 있는 가시도 사랑해줘." 어린 왕자의 장미가 안기는 가시 돋친 사랑!

그림 없는 그림이 세상의 꿈을 보여주듯 '들리지 않는 침묵으로 들려오는 소리'로서의 "숲의 소리는 영혼을 별빛처럼 맑게 물들"(113쪽)인다. 소리 수집가가 달팽이와 바오밥나무에게 들려주는 '아름다운 소리'는 꽃과 벌레, 나무와 바람, 구름이 내는 소리들이어서 "숲의 성자들이 내는 광채"(112쪽)가 된다. 그 아름다운 침묵의 소리는 "내 영혼을 내려치는, 투명한 얼음장을 내려치는 무쇠 도끼"(113~115쪽)다. 그래서 지하 창고에 모아 나눠 주기 시작한 "숲의 무늬만큼 다양한 소리가 들어 있는 유리병들." "꽃들과 나눈 희망의 언어, 나무들의 싱그럽고 푸른 이야기,

바람이 숲에 남긴 먼 나라 꽃 소식……"(115쪽), 그리고 그 많고 아름다운 말들을 넘어, 색계色界와 무색계無色界를 넘어, 들어서면 이르게 될 수미산須彌山의 '청정한 침묵의 세계,' 거기 들려오는 침묵의 세계, 그 무명無明의 우주. "소리가 소리를 벗으니 침묵만 남았다"(120쪽).

그럼에도 몽상가 달팽이와 바오밥나무는 나쁜말별에 이르러 고양이, 개구리, 참새, 하얀 민들레 등등에 두텁게 쌓인 나쁜 말들을 닦아내야 했다. 나쁜 말들이 쌓이면 그것들이 붙은 나뭇가지에서 자라고 그렇게 나쁜말별은 자란다. 그들이 그 별을 떠날 때도 "외계에서 날아온 나쁜 말들이 흰 눈처럼 소복소복 쌓이고 있었다"(126쪽). 그것들은 하얀 백지 위에 점점이 오점처럼 여기저기 찍히고 그걸 바라보는 우리 눈을 괴롭힌다.

달팽이가 프록시마 b별에서 만난 사진사는 인간과 세계에 대한 근원적인 질문을 던지며 자신의 사진기야말로 꿈이고 별이고 보석임을 설명한다. 달팽이는 '생명체들의 우주'인 유토피아로 꽃 피는 바다 이야기를 해준다. 여기서 행복의 실감을 얻는다: "사진사처럼 붉은 소파를 산꼭대기에 놓고 사진을 찍든, 꽃 피는 바다에 붉은 소파를 띄우고 사진을 찍든, 열정을 태워 새로운 세계를 만들어가는 게 행복이지 않을까. 행복이란 별을 따는 게 아니라, 꿈을 이루기 위해 별을 바라보며 별빛을 마음에 새기는 것 같아. 그래서 언젠가 그 빛이 자신의 마음에서도 빛날 수 있게 하는 것!……"(137~138쪽). 그래서 우리가 그처럼 멀리, 아득하게 소망해온 행복이란 이렇게 자기 몸으로, 내 안으로, 그래서 자기 각성으로 돌아오는 것인가. 그것은 유예이고, 눈앞에 어른거리며 다가올 듯 멈칫거리는 미래인가. 그것은 그래서 작은 씨앗이고 그것이 꽃피어나기를, 그리고 바다에서 싹을 틔우고 자라 꽃으로 피우기를 기다리는, 우리에게, 우리의 작은 가슴속으로 옮겨오는, '사랑의 씨앗'(151쪽)일 것인가……

달팽이는 "낯선 별에 갈 때마다 존재에 대한 물음과 더불어 삶과 죽음에 대한 생각이 깊어질 수밖에 없었다"(154쪽). 그 길에서 검은 상복을 입은 달팽이를 만나고, 그로부터 "너희는 죽음을 준비하니?"란 뜻밖의 질문을 받는다. "삶을 생각하는 것만으로도 너무 벅차"기에, 그래서 "자신은 죽음을 초월한 특별한 존재라고 여"겨온 몽상가 달팽이에게, 검은 상복의 달팽이는 다시 "메멘토 모리를 생각해봤"(155쪽)는지 궁금해한다. 그리고 말한다. "죽음은 미완의 생을 완성시키는 종鐘이거든. 〔……〕 메멘토 모리는 생을 진실하고 고귀하게 만드는 삶의 언어"(156쪽)임을 가르친다. 삶에서 죽음을 기억해두고 죽음에서 미완의 생을 기대한다는 것, "죽음이란 잠시 유보된 생"(같은 곳)이라는 것, 생과 사의 이해할 수 없이 교직된 그것이야말로 삶의 가장 충일한 역설이 아닐까. 자크 프레베르의 시 「장례식에 가는 달팽이들의 노래」 소리를 듣고 깨닫는다: "맞아. 삶이란, '죽음과 슬픔의 겨울을 지나 기쁨과 생명의 봄으로' 건너가는 축제야. 삶이란, 죽은 나무일지라도 기어코 씨앗을 틔워 가만가만 퍼져나가는 생명을, 생명력의 전율을 만드는 것이지"(162쪽). "삶은 추한 것들 한가운데에서 아름다움을 증명해야 하"는 것임을, "삶이 아름다운 건 죽음처럼 불멸을 말하지 않고 꿈을 꿀 수 있기 때문"(같은 곳)이란 벅찬 역설을 달팽이들의 장례식에서 배운다.

몽상가 달팽이는 지구에서 네안데르탈인을 만난다. 사피엔스보다 앞서 살았던 이 선사 인간은 먼저 이승의 삶을 살며 땅에 그림을 그렸던 현자로서의 지혜를 달팽이에게 알려준다. "살아 있는 것은 모두 고독"한 존재라는 것, "외로움은 존재자의 특권"이며 "외로워한다는 건 살아 있다는 내적 각성"이라는 것(173쪽). 그 외로움은 "까마득히 먼 우주에서 들려오는 침묵의 소리도 느낄 수 있다는 말"이며 "내면을 들여다보라는 신호"라는 것, "상상해봐. 사막으로 된 고독의 밑바닥에 나무 한 그루만 동그마니 서 있는 풍경을, 사막이 아름다운 건 황량한 사막 맨 밑에 생각하는 나무가 있기 때문"이라는 것, "존재가 고독해지면 마음의 심연에 있는 생각하는 나무가 색색깔의 등불을 달"게 된다는 것, 그러니 "고독해진다는 것은 삶과 세계를 좀더 열정적으로 바라볼 수 있다는 것" "깊이 사색할 수 있는 등불을 켠다거나, 누군가의 마음에 등 하나 달아줄 수 있게 된다는 말"이라는 것, 그리하여 "나무들이 고독을 아름답게 생각하는 것은 고독에 반영된 불멸의 정신을 느낄 수 있기 때문이"라는 것(174~175쪽). 살아-있음의 외로움에서 시작하여 나무가 지닌 '불멸의 정신'에 이르기까지 잇단 별빛의 이음처럼 이어지는 예지의 고리는 19세기 키르케고르에서 니체를 거쳐 사막의 어린 왕자에 이르는 고독의 성좌를 보는 듯하다. 그 '고독'은 "고독을 품은 채로, 언제나 신성한 모습으로 올곧게 서 있으려는 불굴의 정신" "고독을 좀더 사랑할 수 있을"(176쪽) 자아가 아닐까…… "외로움은 존재자의 특권이야. 외로워한다는 건 살아 있다는 내적 각성"이고 "외로움을 친구" "사는 동안 함께 살아가는 친구"임을 깨달을 때, 그 외로움은 내가 "아주 치열하게 살고 싶다는 고백"을 하고 있다는 것, 내가 "지금 꽃 한 송이를 피우려 한다는 신호이고, 지금 햇빛 한 줌을 잉태하려는 내적 계시이고, 지금 별 알에서 파란별로 깨어난다는 비밀을 말하는 거야"(173쪽). 그 외로움을 껴안는 서러운 환희……

이렇게 꽃 피는 바다별에 이르기까지 숱한 우주의 별들을 만나고 듣고 깨우쳐가며 "삶이란 결국 내면으로 가는 낯선 길이란 것"(182쪽)을 깨달아가고 있음에도, 몽상하는 달팽이는 "삶이란 어디서 와서 어디로 가는 것일까?"라고 2,500년 전의 싯다르타가 평생 괴로워해온 물음을 피할 수 없이 다시 만나야 했다. "삶이란 결국 내면으로 가는 낯선 길"임을 깨닫지만 동시에 이 몽상가는 '허무한 게 삶'이란 역설의 함정에 빠져든 것이다. 그 혼란 속에서 달팽이의 거침없이 자유로운 사유는 되풀이 규정하고 질문하고 다시 정의한다: "삶이란 빛을 내기 위해 끊임없이 연마되는 과정일 거야. 죽음만이 생을 완성시킬 뿐, 삶이란 쉼 없이 미완성의 껍질을 벗겨가는 과정을 통해 만들어지는 것! 설령 삶이 매끄럽게 연마되지 못하고 울퉁불퉁한 채 남거나, 한 점 빛으로 반짝이지 못하더라도 슬퍼할 건 없어. 〔……〕 나 자신 빛이 될 수 없다면 나무처럼 빛을 받아 반짝이는 괴물 같은 존재가 되면 돼. 그래, 어쩌면 우리는 삶을 연소시켜 사랑의 빛으로 변신해가는 괴물일지도 몰라. 사랑이라는 이름의 괴물, 평소에는 가만히 있다가 사랑의 빛이 충만해질 때 비로소 본래 얼굴을 드러내는 괴물 말이야"(183~184쪽). 그리고 "유한한 삶이란, 오지 않을 그 무엇을 기다리는 것처럼 고독이 투명해질 때까지 기다리고 또 기다리며 길을 찾는 것"(184쪽)의 아득히 쓸쓸한 여정의 외로움임을 예감한다. 몽상가 달팽이는 "바다에 시를 쓰는 시인처럼" 읊는다: "밤하늘이 별의 우주라면 별을 비추는 밤바다는 우주의 거울. 해와 꽃, 달과 강, 별과 섬, 별이 빛나는 밤에 별빛 스친 자리는 모두 별이 된다. 바다로 별이 진다. 이 바다 어딘가에 어머니의 어머니의 어머니가 억겁의 시간을 낳은, 어머니가 감춰둔 달팽이들의 그리운 숨결이 있겠지"(186쪽).

드디어 몽상가 달팽이는 꽃 피는 바다별에서 신성한 바오밥나무를 만난다. 그리고 그는 원초적인 여행에의 초대에 이끌려서인지, 먼 곳에의 동경 때문인지, 파란별을 찾기에 숲에서 추방당하다시피 했기 때문인지, '약간의 존재론적인 회의'에 젖으며 그가 찾는 파란별의 행방을 신성한 바오밥나무에게 묻는다. 달팽이는 먼지의 무게를 재야 한다는 바오밥나무의 충고를 듣는다: "우주의 가스와 먼지로 이루어진 별들의 고향에선 형형색색 불꽃놀이가 끊임없이 일어나고 있"기 때문이다. "별이 탄생해 고귀한 빛을 내려면 우주의 가스와 먼지가 필요하듯, 너도 별처럼 빛을 내려면 네 삶에 낀 먼지를 두려워하지 말"지니! 그리고 이어 달팽이에게 말한다. "누구든 자신의 생을 헤적여보면 슬픔이 새겨진 '눈물의 날'은 물론이고 좌절과 상처, 고독과 외로움, 불확실성, 사랑의 상실, 아픔이라는 이름의 가스와 먼지가 있단다. 살아가는 동안 네 몸과 정신에 낀 세속의 먼지는 네 안의 별을 탄생시키는 재료일 뿐이야"(199쪽). 이 깊은 예지에 이르러 나는 "자신도 우주를 만드는 작은 별 알이란 걸" 깨닫고 파란별을 찾아 우주의 곳곳을 헤맨 달팽이와 더불어 환한 기쁨의 빛을 반긴다: "내가 광활한 우주 속 하나의 별 알이며 빛을 뿌리는 별이라니…… 끝도 보이지 않고 가늠조차 할 수 없는 하나의 불꽃이며 작은 우주라니!"(200쪽) 그 깨우침은 작은 육체의 껍질을 찢고 번져나가는 무한 팽창이며, 보이지 않던 씨앗에서 고개를 꺾고 하늘을 바라보며 찾는 바오밥나무의 맨 위 잎사귀 끝에서 아른거리는 파란 하늘을 짚으려는 작은 손가락의 이 아른거리는 마디끝 짓을 찾는 눈길이었다……

바오밥나무는 여전히 작은 마음으로 괴로워하는 몽상가 달
팽이에게 '축의 시대'의 선지자들처럼, 그리고 두 차례 두 번의
지구를 덮은 전쟁을 겪은 지난 세기의 실존주의자들처럼, 괴로
움에 젖은 몽상가에게 삶의 비의를 열어준다: "물론 사물에 나타
나는 현상도 중요하지만, 잘 보이지 않는 본질도 중요하지. 별은
우주에도 있지만 네 마음에도 있어. 너는 네 안쪽에 있는 별은 찾
지 않고 바깥쪽에 있는 별만 찾아다녔구나." 침묵할 수밖에 없는
달팽이에게 바오밥나무는 거듭 따듯한 말의 힘을 전한다: "네 안
에서 빛나는 별을 찾아봐! 어쩌면 네 안에서 잠든 빛을 일어서게
하는 게 진정한 별을 찾는 일 아니겠니?" "달팽이야, 네 안에 잠
든 빛의 숨을 틔우도록 해봐"(202쪽).

그래, 여러 천년을 살아오며 땅속 생명의 자양을 품어 올리
고 까마득히 땅 위의 살아 있는 것들 가운데 가장 높이 솟아 세
상을 둘러보며 생명의 지혜를 들이마셔온 바오밥나무는 하루 해
질 때까지 걸어 한 뼘 거리를 겨우 옮기면서도 숲 밖의 세상을 상
상해온 달팽이에게 자신이 평생 생각하고 생각해 깨우쳐온 지혜
한 자락을 안겨준다: "별은 우주에도 있지만 네 마음에도 있어.
〔……〕 보이는 별만 찾지 말고 보이지 않는 별을 찾아보렴. 별이
빛나는 이유가 무엇인지 아니?" 그리고 덧붙인다: "별들은 우리

가 알 수 없는 외계 언어로 말하고 있을지 몰라. '네 안에서 빛나는 별을 찾아봐! 어쩌면 네 안에서 잠든 빛을 일어서게 하는 게 진정한 별을 찾는 일 아니겠니?'라고." 그리고 달팽이 스스로에게 '별 나무'라고 생각해보라고 권한다. "자신을 별빛이 새순을 밀어 올리는 '별 나무'라고 생각해봐. 별빛이 숨을 틔운 네 몸과 정신은 얼마나 눈부실까?"(같은 곳) 이 위로와 격려의 지혜는 아마도 "안에는 또 얼마나 많은 허무의 그림자와 슬픔의 눈물과 시간의 생채기, 좌절이란 이름의 쐐기가 박혀 있는"(206쪽) 바오밥나무이기에 태어나고 깨우치고 쌓이고 가르칠 수 있는 말이리라. 그 고통과 고난의 응어리 없이 어찌 살아 있음, 존재하고 있음의 숱한 역설들을 눈 밝혀 볼 수 있을 것인가.

이런 현명한 바오밥나무 앞에서 몽상가 달팽이는 마침내 "자신이 몽상을 즐기고 꿈을 꾸던 숲으로 다시 돌아가기로"(209쪽) 한다. "내가 별의 이름을 부르는 곳이라면 별은 언제나 반짝이고 있을 거야. 삶에 대한 감사가 깊어지는 어느 날, 길가의 돌멩이, 보랏빛 제비꽃 한 송이, 싱그러운 바람 한 줄기, 나무에게서도 파란별을 찾을 수 있을 거야"(207쪽)라고 스스로를 챙기게 된다. 그리고 여러 천년의 고뇌에서 익혀온 지혜의 바오밥나무 말씀을 알아들을 수 있게 된 몽상가 달팽이는 마침내 자기 회귀의 지혜를 받아들인다. 숱한 말들의 현자도, 하 많은 언변의 인자들도, 손짓마다 한마디 말들을 던질 철학자 사상가의 지자들도, 결국 바오밥나무가 전하고 숲속의 한없이 느리고 게으른 몽상가 달팽이가 받아들인 한마디에 고개를 숙이고야 말 것이다: "삶이란 자기 자신에게 지나온 발자취를 이야기하며 시간 여행을 하는 것"(같은 곳). 이 새삼스러운 각성에 이르는 긴 어려움은 "지상에 존재하는 모든 것은 별이다"라는, 위대한 모순의 지양 위에서 걸음을 멈춘다. 그럼에도 끝은 새로운 시작일 것이다. 민병일과 그의 무애한 상상력을 따라온 우리는 이 책을 덮고서는 다시 피곤한 일상의 번잡에 꼬리를 잡히고 말 것이다. 그럼에도 우리는 잊지 못해 기억의 한 조각을 더듬어 찾아내리라. 그가 심은 작은 씨앗 하나가 내 안 어디서 슬그머니 싹을 틔워, 제비꽃 한 송이를 피우며 하늘 어딘가에 숨어 있을 파란별을 꿈꾸고 있는 내 안의 안, 속의 속 한 조각으로 자라나고 있을 것을……

[2021 · 가을]

참고문헌

노발리스, 『푸른 꽃』, 김재혁 옮김, 민음사, 2003.

라이너 마리아 릴케, 『두이노의 悲歌, 오르페우스에게 바치는 소네트』, 한 기찬 옮김, 청하, 1986.

루이 후아르트, 『산책자 생리학』, 류재화 옮김, 페이퍼로드, 2022.

마르틴 하이데거, 『시간개념』, 김재철 옮김, 길, 2013.

모리스 나도, 『초현실주의의 역사』, 민희식 옮김, 고려원, 1985.

아리스토텔레스, 플라톤, 디오니시우스 롱기누스, 『시학』, 천병희 옮김, 문예출판사, 2002.

오생근 엮고 옮김·해설, 『시의 힘으로 나는 다시 시작한다』, 문학판, 2020.

「우주먼지에 의해 눈덩이로 변했던 지구」, 『KISTI의 과학향기』, 한국과학 기술정보연구원, 2005. 2. 21.

자크 프레베르, 가브리엘 르페브르 그림, 『장례식에 가는 달팽이들의 노래』, 오생근 옮김·해설, 문학판, 2017.

정현종, 『세상의 나무들』, 문학과지성사, 1995.

파울 첼란, 『죽음의 푸가』, 김영옥 옮김, 청하, 1986.

프리드리히 니체, 『바그너의 경우·우상의 황혼·안티크리스트·이 사람을 보라·디오니소스 송가·니체 대 바그너』, 백승영 옮김, 책세상, 2002.

한병철, 『피로사회』, 김태환 옮김, 문학과지성사, 2021.

호르스트 바커바르트, 『붉은 소파』, 민병일 옮김, 중앙books, 2010.

Nietzsche, Friedrich, *Menschliches, Allzumenschliches*, Kritische Studienausgabe Band 2, München: de Gruyter, 1999.

Rilke, Rainer Maria, Sämtliche Werke, hg. von Ernst Zinn. 6 Bände. Frankfurt / Main: Insel, 1987.